**Bibliografische Information der Deutschen Natio-
nalbibliothek**
Die Deutsche Nationalbibliothek verzeichnet diese Publikation in
der Deutschen Nationalbibliografie; detaillierte bibliografische
Daten sind im Internet über: http://dnb.d-nb.de abrufbar.

ISBN: 9783754318331

1. Auflage
Herstellung und Verlag:
BoD – Books on Demand, Norderstedt

AMERIKA

warte auf mich ...

Was Knutchen nicht lernt;
lernt Knut nimmer mehr.

Die Vergangenheit hilft
die Gegenwart verstehen
und auf die Zukunft hoffen

Raoul Frahm *1975

Meine Hand umklammert das Messer fester. Ich hole aus - und steche mit aller Kraft zu. Es entsteht ein unerträgliches Geräusch, bei der Durchtrennung der Bauchdecke durch die scharfe Klinge. Grad so, wie billiger Stoff zerreißt. Etwas spritzt mir in das Gesicht. Meine weißen Stoffhandschuhe saugen die Körperflüssigkeit gierig auf. Wie damals in der Schule, wenn sich die Tinte in das Löschblatt fraß.

Aber dieses Mal handelt es sich nicht um blaue Flüssigkeit; keine Tinte. Es ist Blut. Roter Lebenssaft. Das Gedärm quillt aus der offenen Bauchhöhle und legt das verletzte Herz frei. Das lebenswichtige Organ stößt einen heftigen Blutschwall aus und kämpft um sein Dasein. Ein vergeblicher Kampf.

Unregelmäßig pulsierend taumelt das Herz seinem Ende entgegen. Da erblicken mich die Augen. Sie scheinen überrascht. Mich überkommen Abscheu und Ekel. Entsetzt lasse ich das blutverschmierte Messer fallen.

Wilma: *„Knut hallo! Hörst du mir nicht zu. Wo bist du. Ich erzähle dir von dem leckeren Fisch, den ich mir heute in der neu gekauften Pfanne gebraten habe, und du träumst vor dich hin. Woran denkst du?"*

„Entschuldigung, du hast recht. Ich habe dir nicht mehr zugehört. Mir fiel ein Erlebnis aus meiner Jugend ein. Damals, vor vielen Jahrzehnten. Es war schrecklich. Manchmal habe ich heute noch Albträume davon."

„Magst du mir erzählen; was dich bedrückt?"

„Ich habe bisher mit niemandem darüber gesprochen. Bei dir ist es etwas anderes. Unsere Familien kennen sich fast vierzig Jahre und ich hatte und habe immer Vertrauen zu dir. Du bist einfühlsam und verständnisvoll. Und du wirst es nicht weitertragen, wenn ich dich darum bitte. Dessen bin ich mir sicher. Und weil du ein solch zuverlässiger Mensch bist, werde ich es dir erzählen. Außerdem kann ich mir vorstellen, dass es mir danach besser geht. Es war, liebe Wilma, ein dramatischer Einschnitt in meinem Leben. Eine schwere Schuld lag und liegt mir auf der Seele. Ich habe gemordet!"

„Du hast was?", ruft sie aus. Dabei weicht sie einen Schritt zurück und starrt mich erschrocken an.

„Getötet -- du hast dich nicht verhört."

„Das glaube ich nicht."

„Es stimmt aber. Ich habe Sebastes Norvegius umgebracht."

Wilma schaut mich an: „Wer war das. Ein Skandinavier?"

„Nein. Sebastes Norvegius ist ein Fisch. Es ist der lateinische Name für den Rotbarsch."

„Knut du veralberst mich. Was redest du denn da?"

„Wenn es aber stimmt. Ich habe Tausende von ihnen getötet. Auf See, auf einem Fischdampfer."

Wilma seufzt: „Und ich befürchtete schon Schlimmes."

„Es war und bleibt das Schlimmste für mich! Wo ich doch seit meiner Kindheit tierlieb bin und großen Respekt vor der Natur habe."

„Ich verstehe, was du damit sagen willst Knut. Ich mag deine Einstellung ja. Vergiss nicht, dass es nur Fische waren; Lebensmittel. Der Beruf als Seemann auf einem Fischdampfer verlangte es von dir."

„Es stimmt ja, was du sagst. Ich versuche es mir immer wieder klar zu machen. Aber die Augen Wilma. Die Augen *haben mich richtig vorwurfsvoll angesehen. Manchmal erscheinen sie mir im Traum; dann ist es mit meiner Nachtruhe vorbei. Es gibt Indianerstämme die glauben, dass ihre verstorbenen Angehörigen in den Tieren weiterleben. Ein unheimlicher Gedanke. Lass uns lieber über etwas anderes reden. Wie geht ´s dir gesundheitlich Wilma?"*

„Wie du möchtest. Gut geht es mir, richtig gut. Nächste Woche habe ich eine Vorsorgeuntersuchung bei meinem Hausarzt, Dr. Sorge."

„Ja so sind sie, die Mediziner. Immer auf der Suche nach neuen Geldquellen."

Wilma schaut mich vorwurfsvoll an: *„Sei nicht immer so skeptisch. Dr. Sorge ist ein guter Arzt. Zu dem gehe ich schon über 20 Jahre. Als ich vor ein paar Wochen bei einem Singkreis war, musizierte er tatsächlich am Klavier. Konnte dein Vater nicht auch Klavier spielen?"*

„Ach Wilma, ich hab´ ihn ja kaum gekannt."

„Erzähl´ mal, wie war das damals in eurer Familie?"

„Wenn du unbedingt möchtest. Vieles weiß ich aber wirklich

nur aus Erzählungen meiner älteren Schwester. Ich beginne
im Jahr 1949. Übrigens ist es auch das Jahr der Verfassung
des Grundgesetzes."

Der Schrei ließ die Fensterscheiben in dem schlafenden
Dorf klirren. Hunde wurden aus ihrem Schlaf gezerrt.
Jaulten und kläfften noch, als der verzweifelte Laut
längst verstummt und in ein klägliches Wimmern
übergegangen war. Nur ein Mensch in äußerster Not
vermochte seine Qual so herauszuschreien. Was war in
dieser kalten Novembernacht in dem kleinen Ort
Unheilvolles geschehen? Was war dieser Frau, und es
handelte sich ohne Zweifel um den Hilferuf einer
weiblichen Person, angetan worden? Womöglich hatte
ein Anwohner inzwischen die Polizei oder einen Sani-
tätswagen gerufen. Sie kämen aber zu spät, wenn sie
einträfen. Es gäbe nichts mehr für sie zu tun. Das Blut
durchtränkte Tuch würde Zeugnis ablegen. Ein Ereignis, wie es unzählbare Male auf der Welt vorkam. Zu
oft für diesen kleinen Globus. Doch die wenigsten
Menschen würden etwa daran ändern wollen. Es war
natürlich ein Kind geboren worden.

Nun ist er es, der schrie. Kalt und ungemütlich war es
in dieser Neuen Welt. Wollte er hierher? Keiner hatte

ihn gefragt. Die Natur suchte es aus, so war er in das Leben hineingestoßen worden. Dort, in jener kleinen Landstadt mit wenigen tausend Einwohnern. Seine Eltern waren Flüchtlinge. Die Mutter Elke kam aus Oberschlesien und der Vater Polz aus Berlin. Gleich nach seiner Geburt zog die Familie mit den zwei Brüdern und der Schwester in ein Patrizierhaus in eine größere Hafenstadt. Das Mehrfamilienhaus -- ein Prunkstück -- gehörte dem chronometerbauenden Großvater. Im Parterre betrieb er ein Uhrmacher- und Juweliergeschäft.

Während sein Sohn das Piano und die Haushaltshilfe bespielt, lernt seine Frau das Verkaufen in Schwiegervaters Geschäft. Obwohl es schlechte Zeiten sind, wie die Erwachsenen oftmals lamentieren, gibt es keine finanziellen Sorgen. Dank des vermögenden Großvaters, der im Sinne des Friedrich Nietzsche lebt: *„Willst du das Leben leicht haben, so bleibe immer bei der Herde."*

Dass einer seiner Enkel nicht im entferntesten dieser Maxime treu bleiben würde, hätte er sich nicht denken lassen. Obwohl der Spruch, für alle deutlich lesbar, in einem Stahlrahmen über dem Piano hängt. Im Ganzen gesehen, ein gutbürgerliches Entree für das neugeborene Kind.

Nietzsches Rat wird auch von den Eltern nicht befolgt. Und so geschieht einiges, dass nicht die Zustimmung des Großvaters findet. Die Mutter steht, nach kurzer Einarbeitungszeit im Geschäft des alten Herrn und verkauft Chronometer, Schmuck und Kuckucksuhren. Die Kinder werden derweil von einem Kindermädchen und der Köchin beaufsichtigt. Die Haushaltshilfe ist, auf Drängen der Mutter, fristlos entlassen worden.

Da der II. Weltkrieg erst seit ein paar Jahren beendet war, halten sich Zigtausende von US-Soldaten als Besatzungsmacht in Deutschland auf. Die Amis sind in vielen norddeutschen Städten stationiert; auch in jenem Ort. Die Offiziere haben eine Schwäche für Kuckucksuhren und die Mutter eine Schwäche für Offiziere. Oft gibt es Streit um die Ami-Kuckucksuhren zwischen den Eltern. Einmal schreit der Vater die Mutter an und vermutet, dass der Neugeborene auch eine Kuckucksuhr ist.

DER SPIEGEL: [sic]

Lag es an den ausgestopften Giraffen, Zebras und Perl-
hühnern, die hier ins Leere starrten? Am Meer aus
schwarzen Anzügen? An den vom Krieg gezeichneten
Gesichtern der Anwesenden oder der drohenden deutschen Teilung? Ausgelassene Feierstimmung wollte
nicht recht aufkommen am 1. September 1948 im Zoo-
logischen Museum Koenig in Bonn.
Inmitten von totem Getier versammelte sich der
Parlamentarische Rat zum Festakt, in der Atmosphäre
einer „Krematoriumsfeier", wie *Elisabeth Selbert* später
schrieb: „Es war also nicht etwa ein Fanfarenstoß zum
neuen Anfang, sondern der Ausklang vom Ende."
Die Anwältin Elisabeth Selbert, 51, resoluter Blick, war
eine von nur vier Frauen im Parlamentarischen Rat. Im
Auftrag der Alliierten sollte das 65-köpfige Gremium
auf dem Scherbenhaufen der Nazi-Diktatur das Funda-
ment für einen demokratischen Staat zimmern. Eine
Herkulesaufgabe - und eine Riesenchance. Endlich bot
sich auch die Gelegenheit, die Gleichberechtigung von
Mann und Frau festzuschreiben.
Fünf Wörter, eine Revolution
Zwar konnten Frauen wählen und gewählt werden, die
Weimarer Verfassung hatte 1919 festgelegt:

8

„Männer und Frauen haben grundsätzlich die gleichen staatsbürgerlichen Rechte und Pflichten." Ansonsten jedoch galt das Bürgerliche Gesetzbuch (BGB), anno 1896 beschlossen und schon damals von Frauenrechtlerinnen angefeindet: weil es ein zutiefst patriarchalisches Ehe- und Familienmodell propagierte.

Mit der Heirat mussten Frauen ihren Namen aufgeben. Ohne Einwilligung ihres Mannes konnten sie weder arbeiten noch Verträge schließen oder ein Konto eröffnen. Er hatte die Entscheidungsmacht in allen familiären Angelegenheiten - sie die Pflicht, den Haushalt zu führen. Ein Unding, fand SPD-Politikerin Elisabeth Selbert und setzte alles daran, den Satz „Männer und Frauen sind gleichberechtigt" im Grundgesetz zu verankern.

Fünf harmlos wirkende, aber revolutionäre Wörter. Selbert wollte das veraltete BGB aus den Angeln heben, war damit jedoch „allein auf weiter Flur", wie sie beklagte. Denn anfangs unterstützten sie weder die Genossen noch die anderen drei Frauen. *„Du kannst doch nicht das ganze Familienrecht außer Kraft setzen oder ändern wollen, das bedeutet ja ein Rechtschaos"*, gab Wohlfahrtspflegerin *Friederike Nadig,* ebenfalls Sozialdemokratin, zu bedenken.

Frauenthemen mit „Heiterkeit" quittiert.

CDU-Politikerin Helene Weber, die älteste der vier Frauen, forderte Lohngleichheit und gleiche staatsbürgerliche Rechte. Ansonsten vertraten aber sowohl die Adenauer-Vertraute als auch ihre konservative Mitstreiterin, die Zentrumspolitikerin *Helene Wessel*, zunächst die Ansicht, die Weimarer Verfassung habe die Gleichstellung der Geschlechter bereits hinreichend garantiert.

Der Männerrunde des Parlamentarischen Rates schienen zudem andere Themen drängender - auf Frauenthemen reagierten sie laut Protokoll gern mit „Heiterkeit". Im Lauf der Diskussion schwenkten *Nadig* und die SPD auf *Selberts* Linie ein und machten sich für ihren Satz zur Gleichberechtigung stark. Ihr Antrag wurde dennoch dreimal niedergestimmt.

70 Jahre Grundgesetz: Die Geburt der Bundesrepublik
Am 3. Dezember 1948 platzte Selbert der Kragen. Sie drohte mit einer Mobilisierung der Öffentlichkeit. Wer sie kannte, wusste: Diese Frau gibt weder nach noch auf.

Elisabeth Rohde wurde 1896 in Kassel geboren und wollte Lehrerin werden, doch ihr Vater, ein Gefangenenaufseher, konnte die teure Ausbildung nicht bezahlen. Elisabeth ging zur Post - am Schalter begegnete sie ihrem späteren Ehemann Adam Selbert. Der

10

Sozialdemokrat ermunterte sie, das Abitur nachzu-
holen und Jura zu studieren. Binnen sieben Semestern
schaffte sie es trotz zwei kleiner Söhne bis zur Promo-
tion.

Nebenher engagierte Selbert sich politisch und
kämpfte dafür, „dass die Gleichberechtigung in der
Praxis bis zur letzten Konsequenz durchgeführt wird",
wie sie schon 1920 schrieb. Ihre Zulassung zur Anwältin erhielt *Selbert* einen Monat, bevor die National-
sozialisten die Anwaltschaft für Frauen sperrten. Bis
zum Kriegsende ernährte sie die Familie: Als „roter
Funktionär" wurde ihr Mann 1933 aus dem Staats-
dienst entlassen und vier Wochen im KZ inhaftiert.

Auf Tour wie ein Wanderprediger.

Ab 1945 arbeitete *Selbert* am Wiederaufbau der SPD
und der Kasseler Kommunalverwaltung mit, 1948
schaffte sie es auf Umwegen in den Parlamentarischen
Rat - als die hessischen Genossen sie nicht nominierten,
fragte sie bei Niedersachsens SPD nach. Mit Erfolg: Der
Hannoveraner Parteivorstand schickte *Selbert* nach
Bonn, wo sie schnell aneckte. Die Sozialdemokraten
vor Ort taten die Frauenfrage mit „Ironie und Sarkas-
mus, um nicht zu sagen Hohn" ab, klagte *Selbert* in
einem Brief vom Oktober 1948.

Als ihr Gleichberechtigungssatz für das Grundgesetz kaum Unterstützung fand, setzte sie sich über sämtliche Konventionen hinweg und zog „wie ein Wanderprediger", so *Selbert*, durchs Land. Die Juristin hielt Vorträge, sprach Journalisten sowie Ehefrauen von CDU-Mitgliedern an.

Ihre beispiellose Kampagne trug Früchte: Allein 40.000 Metallarbeiterinnen wandten sich mit Eingaben an den Parlamentarischen Rat. Ihnen taten es alle weiblichen Landtagsabgeordneten der Westzonen gleich (mit Ausnahme der bayerischen), zudem Frauenverbände - und die komplette weibliche Einwohnerschaft des hessischen Städtchens *Dörnigheim*.

„Ich bin Juristin und unpathetisch."

Wäschekörbeweise erreichten Protestnoten das Gremium in Bonn, auch Medien trommelten für *Selbert*. Stetig stieg der Druck: Als die Gleichberechtigung am 18. Januar 1949 zum vierten Mal auf der Tagesordnung stand, glich der Parlamentarische Rat plötzlich einem Heer von Feministen.

Es sei „so viel Sturm entstanden, dass wir gedacht haben - es liegt uns ja gar nichts an einer bestimmten Formulierung", erkannte nun *Helene Weber* (CDU). Und der spätere Bundespräsident *Theodor Heuss* (FDP) flunkerte:

12

„Dieses Quasi-Stürmlein" habe die FDP nicht im Geringsten beeindruckt. „Denn unser Sinn war von Anfang an so, wie sich die aufgeregten Leute draußen das gewünscht haben."

Grundgesetz: Bauanleitung für die Bundesrepublik

Der Satz „Männer und Frauen sind gleichberechtigt" wurde einstimmig angenommen und als Artikel 3 (2) im Grundgesetz verankert - Revoluzzerin *Selbert* war am Ziel. „Es war die Sternstunde meines Lebens", schrieb sie später und triumphierte in einer Rundfunkrede am Tag nach der Abstimmung:

„Dieser Tag war ein geschichtlicher Tag, eine Wende auf dem Weg der deutschen Frauen in den Westzonen. Lächeln Sie nicht! Es ist nicht falsches Pathos einer Frauenrechtlerin, die mich so sprechen lässt. Ich bin Jurist und unpathetisch [...]. Ich spreche aus dem Empfinden einer Sozialistin heraus, die nach jahrzehntelangem Kampf um diese Gleichberechtigung nun das Ziel erreicht hat."

Neben *Selberts* Satz hatte der Parlamentarische Rat auch eine (von ihr mitverfasste) Übergangsregelung akzeptiert, die den Gesetzgeber verpflichtete, das BGB bis zum 31. März 1953 anzupassen. Doch die Adenauer-Regierung ließ die Frist verstreichen. 1957 wurde dann das „Letztentscheidungsrecht" des

Mannes in der Ehe gekippt und erst 1977 das Ehe- und Familienrecht reformiert, die „Hausfrauen-Ehe" abgeschafft.

„In die Parlamente müssen die Frauen!"

Die Aufbruchstimmung der unmittelbaren Nachkriegszeit war dahin, streitbare Frauen wie *Selbert* hatten es schwer: Als einzige der vier weiblichen Mitglieder des Parlamentarischen Rates zog sie nicht in den ersten Deutschen Bundestag ein; nach dem Alleingang zur Gleichberechtigung stagnierte ihre politische Karriere.

Auch privat stieß *Selbert* an ihre Grenzen, Körper und Geist streikten angesichts der Vielfachbelastung als Politikerin, Anwältin, Ehefrau, Mutter, Großmutter. Schon 1948 erlitt sie einen Herzanfall, hinzu kamen eine Gallenoperation sowie Nervenerschöpfung, Gewichtsverlust, Depressionen. 1953 erwog *Selbert*, die über „Zerrüttung als Ehescheidungsgrund" promoviert hatte, die Trennung von Partner Albert.

Am Ende blieb sie sowohl ihrem Mann als auch der SPD treu. Vor allem aber engagierte sie sich bis zu ihrem Tod 1986 für die Geschlechtergleichheit: ein Grundrecht, das Frauen laut Selbert aktiv einfordern müssen. Ende der Siebzigerjahre bezeichnete sie es als „ganz schreckliches Kapitel, das die Frauen in den Parlamenten so unterrepräsentiert sind."

Und gab Frauen dies mit:

„Sie haben doch, ganz anders als früher, alle Rechte. Sie können sich darauf berufen. Sie müssen sie durchsetzen! Es ist mir ganz und gar unbegreiflich, warum sie es nicht tun, Doppelbelastung hin oder her. Die Feministinnen mit ihren gerichtlichen Klagen gegen nackte Frauen auf Titelseiten von Illustrierten - das sind doch Nebenkriegsschauplätze! In die Parlamente müssen die Frauen! Dort müssen sie durchsetzen, was ihnen zusteht!"

Quellen: DER SPIEGEL, von Katja Iken 21.05.2019

... aus (*Heike Drummer/Jola Zwilling*): Ein Glücksfall für die Demokratie. Elisabeth Selbert - Die große Anwältin der Gleichberechtigung. Eichborn-Verlag, Frankfurt 1999

Muss i denn zum Städele hinaus, Städele hinaus und du mein Schatz bleibst hier. Wenn i komm', wenn i komm, wenn i wieder, wieder komm'- ... TUUUU-UUUUUUUUT, TUUUUUUUUUUUUUUUUT – TUUUUUUUUT. Der Rest des Liedes geht in dem infernalisch dröhnenden Schiffstyphon der MS AME-RIKA unter.

Die Blaskapelle und die unzähligen Menschen an der Kaje zuckten beim ersten Ton zusammen. Einige, bis auf die Musiker, hielten sich beide Ohren zu. Selbst in kilometerweiter Entfernung war das tiefe Dröhnen des Typhons zu hören. Die Stimme Amerikas ist es, welche die Blaskapelle übertönt. Das Schiffshorn der MS AMERICA, dem Flaggschiff der United States Lines. Wuchtig, wie eine Trutzburg, liegt das Schiff an der Kaje des *Columbus-Bahnhofs*.

Um den schwarz-weißen Schiffsrumpf plätschert schmutzig-graues Flusswasser. Zwei qualmende, rot-weiß-blaue Schornsteine krönen die haushohen Aufbauten. Trotz des kalten Oktobernachmittags haben sich mehrere hundert Menschen auf der Kaje versammelt und bestaunten den Ozeanriesen.
Wild schwenken sie ihre Taschentücher und winken

den Passagieren an Bord zu. Mit Grüßen beschriftete Bettlaken werden hochgehalten. Bunte Ballons steigen auf und Luftschlangen werden vom Schiff herübergeworfen.

Alt und Jung sind auf den Beinen. Es herrscht ein fröhliches Treiben. Man lacht, singt und Grüße werden gerufen. Da ertönt erneut das Typhon des Auswandererschiffs und den meisten vergeht das Lachen. Erinnert es sie schmerzlich daran, dass der Abschied naht. Denn die Erwachsenen wissen mehr als die unbeschwert mit Luftballons spielenden Kinder. Ihnen wird klar, dass geliebte Menschen sie verlassen; einige für immer. Für nicht wenige wird es eine Reise ohne Wiederkehr, ohne ein Wiedersehen.

Viele Menschen weinen und rufen ihren Angehörigen auf der AMERICA zum Abschied zu. Auf dem Schiff stehen die Auswanderer an der Reling und winken zurück. Sie lassen ihren Tränen ebenfalls freien Lauf. Es fließen und flossen viele Tränen an diesem Ort, dass der Fluss längst über die Ufer getreten wäre, würde er nicht in die Atlantik münden.

„Papa! Da oben steht ja Papa. Was macht Papa dort auf dem Schiff Nette?", fragt der fünfjährige Knut und schaute dabei zu seiner Schwester hoch.

Die zehnjährige Janett kann ihm aber nicht erklären, warum ihr Papa mit ihren beiden Brüdern dort oben auf diesem großen Ozeandampfer steht. Und wieso ist die olle Fehlman mit auf dem Schiff und steht so dicht neben ihrem Vater? Nein, jetzt küsst sie ihn auch noch. Das darf doch nur die Mama! Wenn die das mitkriegt, gäbe es für Papa schimpfe und Mama würde die Fehlman in das eiskalte Wasser schubsen, denn -- ihre Mutter ist stark, denkt sich Janett.

Erst gestern hat die Kleine das wieder zu spüren bekommen, als es Dresche mit dem Kleiderbügel gab. Das war aber nicht schlimm für sie. Schlechter ergeht es ihrem Bruder; der tut ihr leid. Er versteht nicht, dass die Eltern sich nicht mehr lieb haben. Und dass der Papa, mit der doofen Nachbarin und ihren Söhnen, auswandert. Obwohl -- er wandert ja nicht. Er kann nicht über das Wasser wandern. Er reist mit diesem großen Dampfer. Egal ob man läuft, fliegt oder mit dem Schiff fährt. Es heißt *auswandern*, wenn man in ein fremdes Land zieht und nie mehr zurückkommt.

18

So hat es ihr die Oma erklärt. Bei diesen Gedanken kommen ihr wieder die Tränen und sie drückt die kleine Hand ihres Bruders fester: *"Sei still Kleiner! Unser Papa wandert aus."*

"Und was ist mit Horsti und Günti. Sind die auch auf dem Schiff?"

"Die wandern auch aus. Winke ihnen mal zu, da oben stehen sie. Neben dem Rettungsboot. Die beiden Jungs mit den roten Jacken. Siehst du sie?"

"Ja, Sie winken. Kommen sie bald wieder Nette?"

"Nein Knutchen, sie kommen nie wieder", schluchzt Janett.

"Auch nicht, wenn sie ausgewandert haben?", fragt ihr Brüderchen ängstlich zu ihr aufblickend.

"Nein Kleiner, auch dann nicht. Nie mehr."

Die Kinder halten sich aneinander fest, während der Ozeanriese loslassen muss. Loslassen von den dicken Eisenpollern, um die seine kräftigen Leinen geschlungen sind und ihn an das Land fesseln. Die Schiffsschrauben drehen und wirbeln das trübe Flusswasser am Achterschiff auf. Ein heftiges Zittern läuft durch den Schiffsrumpf. Vier Hafenschlepper ziehen und schieben an der AMERICA. Behäbig löst sich der Koloss von der Kaje und dreht seinen voluminösen Rumpf gen Westen. Richtung Amerika. Auf der Kommandobrücke befiehlt der Kapitän dem Matrosen am Ruder: *„Halbe Kraft voraus!"*

Das Schiff nimmt Fahrt auf und durchschneidet mit seinem Bug majestätisch die vergeblich Widerstand leistenden Wellen. Die Rufe der Menschen an Bord der AMERICA werden immer leiser, bis sie nur noch der Wind vernimmt und das riesige Auswandererschiff zu einem kleinen Punkt am Horizont schrumpft. Die eben noch Jubelnden auf der Kaje jubeln nun nicht mehr. Sie begeben sich mit gesenkten Köpfen schweigend auf den Heimweg. Es gibt nichts mehr zu sehen und es gibt nichts mehr zu feiern. Die Liebsten sind fort aus ihrem Leben. Die meisten für immer. Eine fühlbare Traurigkeit legt sich über den, vor Minuten so fröhlichen *Columbusbahnhof*. Den Bahnhof der Tränen, wie er auch im Volksmund genannt wird.

Nachbar Fehlman hakt die Kindsmutter unter und bestimmt jovial: *„Komm wir gehen noch in die Wirtschaft. Einen trinken. Wo wir IHN jetzt endlich los sind."*

Herr Fehlman und die Mutter streben der Schankwirtschaft zu. Oma Anna und die Kinder tippeln hinterher. Das Auswandererlokal, ein schlichter hölzerner Rundbau, liegt direkt an der Kaje. Zum Glück erwischt die Familie einen unbesetzten Tisch und drei Stühle. Die Kinder müssen stehen. Oma bekommt zur Feier des Tages einen echten Bohnenkaffee. Herr Fehlman bestellt für sich und seine Geliebte zwei Piccolos. Sämtliche Tische sind von traurigen Menschen besetzt. Einige Kinder tollen herum, was eigentlich streng verboten ist. Die Eltern beschäftigten sich mit ihren eigenen Gedanken und achten nicht darauf. Manche Kinder weinen still vor sich hin und Janett fragte leise die Großmutter: *„Sind die Väter von den anderen Kindern auch mit dem Schiff fort und kommen nie mehr wieder?"*

Da sitzen dann alle schweigsam herum. Auch an dem Tisch von dem kleinen Knut gibt es keine Fröhlichkeit. Sein Vater hat die beiden Brüder mitgenommen. Die Familie ist darüber sehr betrübt -- nur Herr Fehlman nicht. Der zieht lächelnd den kleinen Knut an seinen dünnen Ärmchen zu sich heran: „*Komm´ her Kleiner. Du musst nicht traurig sein. Hör´ schon auf zu heulen. Große Jungens weinen nicht. Du bist doch kein Mädchen! Dein Papa ist zwar fort, aber jetzt hast du ja mich. Ich bin dein neuer Papa. Hier sieh, was ich für dich habe.*"

Das Knutchen schlägt seine Hand zur Seite und das Bonbon fällt auf den Boden.

„*Undankbarer Bengel, über dich werde ich mich nicht ärgern. So Oma Anna*", wendet er sich an die Groß-mutter der Kinder, „*Sie nehmen den Jungen zu sich. Wir haben keinen Platz für ihn. Es reicht gerade für Janett, wie sie wissen.*"

Dabei streicht er dem Mädchen über das Haar und erhebt sich von seinem Stuhl. „*Oma, auf geht´s! Auf Wiedersehen. Vergessen Sie nicht, zu zahlen, haha*", lacht er gemein.

Elke steht ebenfalls auf und haucht ihrem Sohn einen Kuss auf die Wange. Dann rauscht sie, Janetts Hand ergreifend, durch die lustlos schwingende Pendeltür ins Freie.

„*Mama Mama, Nette!*", schreit der kleine Knut und reißt sich von Omas Hand los.

„*Hoppla kleiner Mann, wo willst du hin. Auch nach Amerika?*", hält der Oberkellner den Jungen an der Tür auf.

Oma Anna eilt herbei. Schimpft mit dem Kind und bezahlt die Zeche. Der Ober nimmt das zusammengesuchte abgezählte Kleingeld naserümpfend entgegen und hält mit herablassender Geste die Pendeltür auf. Oma besteigt mit ihrem Enkel den vor dem Lokal wartenden Omnibus, nicht ohne dem Jungen vorher einzubläuen, dass er, wenn er gefragt werde, sagen soll, er sei erst vier. Ab fünf Jahre muss ein Kinderfahrschein gekauft werden und die Oma hat nicht mehr genügend Geld dabei. Sie konnte nicht damit rechnen, die Zeche in der Wirtschaft bezahlen zu müssen.

So ist sie -- Oma Annas Tochter. Wenn es darauf ankommt, denkt sie nur an sich. Das ist ein Grund, warum sich der Vater der Kinder von ihr hatte scheiden lassen. Aber dass der Schwiegersohn gleich nach Kanada auswandert und dazu noch mit der Nachbarin, das hat Oma Anna nicht erwartet. Wo die doch selbst drei eigene Kinder großziehen muss. Das wird Oma nie verstehen. Sie versteht weder ihre Tochter noch ihren Schwiegersohn. Wie können die das ihren Kindern nur antun. Aber sie müssen wissen, was sie tun. Alt genug sind sie ja. Es ist eben eine verrückte Welt. Zu Omas Zeit, wenn die Kinder noch nicht aus dem Gröbsten heraus waren, hätte es sowas nicht gegeben.

Was aber war in jener Zeit denn so verrückt? Der Krieg ist vor ein paar Jahren beendet worden und vieles noch zerstört oder ver-rückt. Nicht mehr an seinem Platz halt. Das galt für Straßen und Wege, Gebäude und Wohnraum. Aber auch für Familien und Freundschaften. Alles war nicht mehr so, wie es einmal war. Auch Moral und Anstand haben gelitten. Orientierungslose Menschen sahen für sich im zerstörten Deutschland keine Zukunft mehr. Und so verliessen viele von ihnen das Land mit der Hoffnung auf ein besseres Leben – irgendwo.

24

Der NDR über das Thema „Auswanderung":

Die „Galerie der 7 Millionen" erinnert an die Einzelschicksale der Auswanderer und informiert über ihre Motive für die Emigration. Besucher der multimedialen und interaktiven Ausstellung tauchen ein in die damaligen Lebensumstände der Auswanderer und werden Teil einer Inszenierung, die die Reise der Auswanderer ins Ungewisse nachstellt. Von der Wartehalle über den Abschied am Kai, die Überfahrt auf vollen Schiffen bis zur Ankunft in New York stellt das Museum verschiedene Szenerien originalgetreu nach. In der „Galerie der 7 Millionen" sind die Biografien von Auswanderern hinterlegt. Von manchem nur Name, und Ausreisetag. Von Anderen ganze Lebensgeschichten.

Quelle: NDR, DAS! 24.02.2019

Am Tag seiner Einschulung ist Knut 6 Jahre alt, klein und schmächtig. Neben dem Lehrer waren in dem muffigen Klassenraum 36 Schülerinnen und Schüler mit ihren Eltern und Knuts Oma anwesend. Alle Kinder, bis auf eines, tragen eine Zuckertüte unterm Arm und einen neuen Schulranzen auf dem Rücken. Nur ein Kind nicht und das ist Knut. Oma hat kein Geld dafür übrig und so trägt er seine Schiefertafel, die Griffel und das Reinigungsschwämmchen in einem Kartoffelnetz. Und anstelle eines bunten Trockentuches für die Tafel gab ihm Tante Inge einen alten Topflappen mit. Heute Nachmittag werde ich ein Zuckerbrot bekommen – wenn ich artig bin. Das verspricht mir Großmutter auf dem einstündigen Fußmarsch zur Grundschule. Und meine Oma hält ihre Versprechen, wenn nicht grade wieder einmal das Geld für wichtigere Anschaffungen gebraucht wird. *Wir sind nicht direkt arm*, sagt sie dann immer, *wir haben nur kein Geld.*

Die Kinder in der Schule sind doof - finde ich. Warum soll ich dort hingehen? Alles Wichtige hat mich bereits mein Onkel gelehrt. Regenwürmer auf einen Angelhaken ziehen. Das ist nicht so leicht, wenn sich die Würmer dabei in der Hand winden, weil sie den Haken nicht in ihren Leib gestochen haben wollen.

26

Das muss aber sein, sonst kann ich keine Fische fangen. Erklärt mir Onkel Polle. Und der weiß es genau, denn er ist der erfolgreichste Angler am Fluss. Ich bekomme mein Zuckerbrot als wir wieder zu Hause sind und ich beschließe, diese doofe Schule schnell zu vergessen.

Doch das Doofe gilt nicht für alle. Einige Mitschüler in der Klasse sind OK. Werner Warneke zum Beispiel. Mit dem komme ich prima zurecht. Mit acht Jahren besuche ich ihn nachmittags zu Hause. Eine Stunde Fußweg zwar, aber dafür darf ich, wenn die Arbeiter Feierabend haben, mit ihm in der Holzhandlung seines Opas herumtollen. Aus dünnen Leisten schnitzen wir uns Schwerter und kämpfen wie edle Ritter für die Gerechtigkeit. Werner wächst auch bei seinen Großeltern auf. Seine Eltern sind ebenfalls nach Amerika ausgewandert; darum gibt es viele Gemeinsamkeiten.

Und doch unterscheidet sich so Manches von seinem zu Hause zu meinem. Das merke ich, wenn Werners Oma uns Kuchen serviert. Da sind immer leckere Sahnestücke dabei. Das kenne ich bei uns zu Hause nicht. Da gibt es höchstens zu Festtagen Cremestückchen. Ab und zu mal 'nen Bienenstich. Aber Kuchen mit Sahne; dafür fehlt unserer Oma das Geld.

Einen Unterschied bemerke ich auch beim Sport. Werner spielt in einem Verein Tennis. Ich kann nur Tischtennis. Wolfgangs Vater spielt in Amerika Golf. Onkel Polle hat mir mal Minigolf beigebracht. Und im Malunterricht in der Schule gab es einmal die Aufgabe, ein Segelboot zu zeichnen. Über 30 Zeichnungen sind ungenau und falsch. Werner hingegen, wird vom Lehrer für seine detaillierte Darstellung gelobt. Toll -- ist ja auch keine Kunst, wenn der Opa ein eigenes Segelschiff besitzt.

Das sind Unterschiede in unseren Familien, die mir auffallen. Sonst ist alles in Ordnung mit der Freundschaft zu Werner. Leider wandert er nach einem Jahr auch aus. Zu seinen Eltern nach Amerika. Nun habe ich keinen richtigen Freund mehr und bekämpfe meinen Kummer mit Süßigkeiten. Leider gibt es die nur äußerst selten. An einen Tag erinnere ich mich noch genau. 50 Pfennige drückte mir Onkel Polle in die Hand und schickte mich zum Kaufmann Fuseler. Eine Käseecke zu 15 und für 35 Pfennig Leberwurst soll ich holen. Für den Rest darf ich mir etwas zu Naschen kaufen. So rechnet es mir mein Onkel hinterlistig vor.

„Herr Fuselder, eine Käseecke und für 30 Pfennige Lederwurst", rufe ich mit bebender Stimme, als ich an der Reihe bin.

Herr Fuseler lacht und seine rote Nase glänzt dabei wie die Speckschwarte in seinem Kühlregal. Er gibt mir die Käseecke und packt ein Stück Wurst in Pergamentpapier ein: *„Lederwurst hab´ ich nicht, aber ich gebe dir Leberwurst für Deine Oma mit. Und hier sind noch 5 Pfennige übrig."*

„Nein, die will ich nicht. Dafür soll ich mir Bonbons holen -- die Salmis", lüge ich.

„Soso, Bonbons für so viel Geld, na dann. Hier sind deine Salmiakpastillen", reicht mir Herr Fuseler die Tüte mit skeptischem Blick über den Ladentisch.

Schnell renne ich zur Tür hinaus, setze mich bei Opa Nückel hinter die Hecke und esse meine geliebten Lakritzen. Der Willi hat mir den Rat gegeben nur für 30 Pfennige Leberwurst zu kaufen, damit ich noch 5 Pfennige für Bonbons übrig habe. Im Gegensatz zu meinem Onkel kann Wilfried nämlich bis drei zählen. Und da kommt Willi schon um die Ecke und fordert seinen Anteil an der Beute. Gut, dass mein Onkel die Wurst nicht nachwiegen kann, da es bei uns im Haushalt keine Küchenwaage gibt.

„Das sieht mir heute aber ein bisschen wenig aus, an Wurst", wird er doch noch misstrauisch, *"Na ich werde mal mit dem Fuseler reden müssen. Die Kinder beschummeln, ein Schlawiner ist das."*

Oh weh, wenn das rauskommt, denke ich nur.

Am nächsten Morgen ruft mich meine andere Tante, die Itti, zu sich: *„Knut laufe mal zu Fuseler und hole was für mich ab, hier sind achtzig Pfennige!"*

„Was soll ich denn kaufen, Tante Itti?", schaue ich sie ratlos an.

„Du brauchst nichts zu sagen. Der weiß Bescheid. Sag nur, dass es für deine Tante ist", schiebt sie mich sanft aus dem Haus.

Meine Neugier ist geweckt und ich mache mich auf den Weg. Wilfried steht wie herbeigezaubert vor mir.

„Wo willst d´ hin Kleiner?"

„*Ich muss was für meine Tante einkaufen*", antworte ich sofort, denn mit Willi ist nicht zu spaßen.

„*Und was?*", will er wissen und drängt mich dabei hinter den Fahrradschuppen.

„*Das weiß ich nicht*".

„*Willst du mich verarschen, du Knirps?*"

„*Nein Willi, sie hat es mir nicht gesagt. Ich soll nur sagen, dass es für meine Tante ist, dann weiß Herr Fuselder schon Bescheid. Achtzig Pfennige hat sie mir mitgegeben.*"

„*Ach deine Tante hat die Tage und du musst Camelia kaufen, wa?*", grinst Willi mich an.

„*Was sind den die Tage Willi?*", frage ich und schaue erwartungsvoll zu ihm hoch.

„*Da bist du zu blöd dafür, verschwinde*", blafft er und lässt mich unaufgeklärt stehen.

Im Kaufmannsladen ist grade die halbe Siedlung versammelt, als ich keck in die Runde rufe: *„Eine Packung Cornelia für meine Tante Itti."*

Ich liebe Tauben. Onkel Polle hat weiße und dunkelblaue, schwarze und Turteltauben. Der Taubenschlag wird mit Isolierwolle ausgebaut, damit es den Tieren nicht zu kalt wird. Ich muss dabei helfen. Zur Belohnung erlaubt mir Onkel Polle nachts im fertiggestellten Bereich zu schlafen. Das ist für mich ein Abenteuer. Alleine in der Nacht im Taubenschlag, das ist mutig.

Am anderen Morgen kann ich nicht zur Schule gehen. Mein Körper ist von kleinen Schnittwunden übersät und ich muss mich immerfort kratzen und jucken.

Meine Oma schimpft mit Onkel Polle: *„Wie kannst du nur das Kind in der Glaswolle schlafen lassen, so etwas Unvernünftiges. Schau dir bloß mal seinen Rücken an!"*

Thema. Volksschule:

Der Begriff Volksschule ist historisch mit dem Gedanken einer Bildungseinrichtung für das Volk und mit der Einführung einer Schulpflicht verbunden. Mit Volk war dabei die einfache Bevölkerung gegenüber den gehobenen Ständen oder Bevölkerungsklassen gemeint. Im Laufe der Zeit verschob sich die Bedeutung aber hin zu einer Mindestausbildung, die jeder eines Volkes haben muss.

In der Bundesrepublik Deutschland bezeichnete die Volksschule eine Schulform, in der man nach acht Schuljahren den Volksschulabschluss erwarb. Je nach Bundesland gibt es seit den 1960er bis 1970er Jahren mit dem Hauptschulabschluss nach neun Jahren eine vergleichbare Ausbildung. Sofern der Begriff Volksschule heute bundeslandspezifisch verwendet wird, beinhaltet er Grund- und Hauptschule in einem Gebäude.

Quelle: Wikipedia

Knut lebt bei seiner Großmutter, seiner Tante Inge und ihrem Mann Polz. Der wird von allen Verwandten nur Polle gerufen und stammt aus Ostpreußen. Seine Frau und seine Schwiegermutter kommen aus Schlesien.

In der Schule ist Knut von Beginn an ein Außenseiter. Er wird gehänselt, verprügelt und ausgelacht. Er ist mit der Kleinste der Klasse und nicht kräftig. Um die Anerkennung seiner Mitschüler zu gewinnen, spielt er den Klassenkasper. Einmal mehr stört er wieder den Unterricht durch Papierkugeln schnipsen und wird zur Strafe vom Lehrer in den Flur geschickt. Knut hält sich nicht lange dort auf, sondern flitzt zur Schultür hinaus.

Direkt zum Schuttabladeplatz, gleich neben dem kleinen Bach *Rinne*. Der heißt nicht nur so. Der ist auch kaum breiter als ein mannshohes Abwasserrohr. Der Schulranzen fliegt auf den Boden und Knut stochert mit einem abgebrannten Schweißstab im Müll herum. Er sucht in dem haushohen Abfallhaufen nach verkaufbaren Schrott aus Eisen, Messing oder Kupfer. Da raschelt es zu seinen Füßen. Neugierig hebt der Junge das Ende einer vergammelten Matratze hoch. Zwei große dunkle Augen schauen ihn überrascht an. Eine fette Ratte! Sie scheint keine Angst zu haben und

34

spannt ihre Muskulatur an. Das Tier springt mit einem Satz Knut direkt -- über seine verschmutzten Schuhe. Der Junge weicht einen Schritt zurück, verheddert sich in einem Stacheldraht und schlägt der Länge nach hin - mit dem Gesicht in die Gammelmatratze. Neben das Rattennest mit 3 jungen Ratten darin. Da hat er sich doch arg erschrocken, obwohl die Tiere für ihn nichts Ungewöhnliches sind. Beim täglichen Müll durchstöbern passiert das schon mal, so wie es auch die anderen Jungs aus seiner Siedlung kennen. Die, wie er, immer sehnsüchtig auf den Lkw der Schiffswerft warten, wenn der, 100 Meter von den Wohnhäusern entfernt, seinen Werftschutt ablädt.

Der Schrotthändler *Genz* an dem besagten Bächlein Rinne, nahe dem Müllplatz, zahlt 10 Pfennige für das Kilo Eisen. Bei ihm kann auch für wenig mehr eine Hacke geliehen werden, womit einem das Suchen im Schutt erheblich leichter fällt. Knut hat das Geld aber nicht und so gräbt er meistens mit den nackten Händen im Müll. Seine Oma besitzt zwar eine kleine Hacke für ihren Gemüsegarten. Die gibt sie aber nicht her. Manchmal leiht ihm Wilfried eine Harke.

„Der ist schwer in Ordnung", lobt ihn Knut gegenüber seinem Onkel.

„Ja ja, der Wilfried van der Rütter", schnaufte der dann verächtlich. In strengem Ton warnt er Knut vor dem Jungen. Auf den solle er nicht hören, der kommt aus einer belgischen Familie. Außerdem sind die Feiglinge. *„Wie die Hasen sind die gelaufen, als wir damals bei ihnen einmarschierten. Wir brauchten nur einen Tag, dann hatten wir sie überrannt"*, so der Onkel zu seinem Neffen.

„Was habt Ihr denn in Belgien gewollt? Haben die angefangen?"

„Das verstehst du nicht Fidi, in deinen jungen Jahren. Das lernst du alles in der Schule, wenn du nicht grade einen von diesen kommunistischen Lehrern bekommst."

„Gab es denn keine Länder, die den Belgiern zu Hilfe kamen Onkel Polle?"

„Pah, das waren doch alles Feiglinge. Franzosen, Holländer, Skandinavier und wie sie alle da waren. Die haben wir doch allesamt überrumpelt und Ihnen erst einmal gezeigt, was 'ne Harke is. Auch den Russen haben wir mit unseren Tigerpan-

zern ordentlich eingeheizt", dabei schaut Onkel Polle auf den kleinen Globus, den er seinem Neffen geschenkt hatte und den er jetzt mit Schwung in eine heftige Umdrehung versetzt. *„Alle hatten wir sie. Die ganze Welt bekam Respekt vor uns!"*

„Aber Oma sagt doch, dass wir den Krieg verloren haben", wendet Knutchen zaghaft ein.

„Fidi, du alter Glumskopp, Oma is 'ne alte Frau. Was wissen denn Frauen schon vom Krieg. Ich war schließlich als Frontsoldat direkt dabei. Wenn wir nicht verraten worden wären damals, stünden wir heute besser da. Das ist die Wahrheit. Hör' bloß nicht auf Oma Anna, die weiß nix."

„Was ist ein Glumskopp, Onkel Polle?"

„Fidi, als Glumse wird der Quark in Ostpreußen bezeichnet, also bist du ein Quarkkopf!"

„Onkel Polle, du bist so schlau."

„Das will ich meinen. Du wirst auch noch schlau. Du darfst nur nicht immer die Schule schwänzen, sonst lernst du nichts. Treibst dich nur noch auf dem Schietberg rum, bis du

von einer Ratte gebissen wirst. Sei bloß vorsichtig. Die über-
tragen die Pest!"

„Blauer Himmel über der Ruhr"

1957 spürte man im Übrigen auch, dass nicht alles Gold war, was wissenschaftlich glänzte. In diesem Jahr richtete zum Beispiel der Verband deutscher Ingenieure eine erste Kommission für die „Reinhaltung der Luft" ein. Dieser Gedanke hielt sich, denn 1961 versuchte die SPD, mit ihrem Kanzlerkandidaten Willi Brandt dadurch zu punkten, dass sie den Menschen einen „Blauen Himmel über der Ruhr" versprach.

Einige Forscher machten sich plötzlich Gedanken über ein atmosphärisches Treibhausgas wie Kohlendioxid, das aus den Autos kam, die in diesen Tagen zum normalen Zubehör des Lebens wurden und die Krafträder alter Prägung ablösten. 1967 gab es erste Andeutungen aus der Wissenschaft, dass sich mit den zu erwartenden Mengen an CO_2 die Temperatur der Erde um ein paar Grad erhöhen könnte. Aber solche Hinweise galten damals noch als zu fantastisch, um irgendein öffentliches Bewusstsein zu erreichen oder gar politisch ernst genommen zu werden.

Quelle: Das Wendejahr 1957, *Wissenschaft.de*

Einen Monat später, am frühen Abend, bemerke ich eine gewisse Unruhe im Haus. Meine Tante Inge und Oma Anna scheinen freudig erregt zu sein. Mein Onkel schiebt mich zu unserem Küchenfenster und zeigt nach unten zu dem Fenster des Waschhauses. Ein kurzer Blick von mir. Ich sehe eine männliche Gestalt mit blauem Bart, auf einem Tisch innen, vor dem Fenster liegen. Erschrocken weiche ich zurück: *„Onkel Polle, da liegt ja ein Toter in unserer Waschküche!"*

„Glumskopp -- kein Toter. Der Neujahrsbock ist es, der da schläft. Stör´ ihn bloß nicht, sonst wird er neujahrsteufelswild!", droht mein Onkel.

Mir läuft ein Schauer über den Rücken: *„Ein blauer Bart. Er hat einen blauen Bart, Onkel Polle."*

„Nicht nur das -- auch einen Pferdefuß. Und man hört schon von Weitem seinen schlurfenden Gang, wenn er nachts über die Friedhöfe zieht und nach Opfern Ausschau hält. Keine Angst, er tut dir nichts. Du darfst nur nicht laut sein, damit er nicht aufwacht", versucht, Onkel Polle meine aufkommende Unruhe zu dämpfen.

Ich bin aber beunruhigt und verunsichert.

Meine Nackenhaare sträuben sich: *„Onkel Polle ich hab´ Angst. Scheuch ihn weg aus unserer Waschküche."*

„Fidi, Dummkopf, das geht nicht. Wenn ich ihn in seiner Ruhe störe, greift er mich womöglich an. Er ist viel stärker als ich. Willst du, dass er deinen Lieblingsonkel tötet?"

Ich klammere mich an meinen Onkel und rufe verzweifelt laut: *„Nein, aber dann schieß ihn tot. Du hast doch noch dein Gewehr aus dem Krieg. Schieß ihn tot!"*

„Das geht nicht Junge. Ein Neujahrsbock ist kein Mensch, musst du wissen. Den kann man nicht so einfach erschießen. Die Kugel tritt hinten aus seinem Rücken wieder heraus, als sei nichts gewesen. Er blutet nicht einmal. Er hat kein rotes Blut in seinen Adern. Nur die blaue Flüssigkeit, die auch seinem Bart die Farbe gibt."

Ich laufe zu meiner Oma und erzähle ihr schluchzend von dem blauen Mann in unserer Waschküche.

„Polle! Was bringst du dem Kind für eine Geschichte bei? Zieh dich lieber um, die Zeit wird knapp!", macht meine Oma ihrem Schwiegersohn Vorwürfe.

„*Zeit knapp?*", sehe ich zu meiner Großmutter hoch.

„*Wir gehen ins Kino, in die Nachtvorstellung um 23 Uhr.*"

„*Wer wir, wen meinst du Oma?*", frage ich und eine unbekannte, noch größere Furcht kriecht in mir hoch.

„*Na wir drei. Tante Inge, Onkel Polle und ich.*"

„*Aber, - dann bin ich ja ganz alleine im Haus!*"

„*Na und. Das macht nichts. Du hast nicht etwa Angst?*", schaut meine Großmutter mich an.

„*Doch, ich will nicht alleine sein und schon gar nicht mit dem Neujahrsbock in der Waschküche*", heule ich laut auf.

Darauf Onkel Polle: „*Pst sei leise, er schläft doch noch. Ich verspreche dir auch, dass ich morgen die Haustür wieder einbaue, wenn die Scharniere im getrockneten Putz halten.*"

„*Haustür? Unser Haus ist ohne Haustür und ich bin heute Nacht allein? Mit dem Neujahrsbock?*", bibbere ich am ganzen Leib.

„*Polle hör auf mit dem Unsinn, der Junge kriegt nur unnötig Angst. Ich will mit Inge den* René Deltgen in Tiger von Eschnapur *sehen. Heute Nacht in der letzten Vorstellung. Dann musst du eben auf den Jungen aufpassen. Du hast ihm ja auch dieses Schauermärchen vom Neujahrsbock erzählt*", tadelt meine Großmutter ihren Schwiegersohn.

„*Und wer -- Oma? Fährt euch dann zum Kino?*", grinst Onkel Polle sie herausfordernd an.

„*Stimmt, das geht ja nicht. Also, Knut hab keine Angst. Wir kommen ja schon kurz nach Mitternacht zurück*", versucht Großmutter mich zu trösten.

Ich klammere mich an meinen Onkel Polle: „*Bitte bitte; nimm mich mit. Ich kann im Auto schlafen, vor dem Kino.*"

„*Unsinn! Der Bengel bleibt hier und Schluss jetzt mit dem Theater. Es gibt gar keinen Neujahrsbock. Ich werde Dir die Angst schon austreiben. Hiermit*", kreischt Tante Inge und lässt den Teppichklopfer auf meinen Rücken niedersausen.

Sie drischt auf mich ein, bis Onkel Polle ihr in den Arm fällt: *„Hör´ auf Inge, du schlägst ihn ja tot!"*

Die Schläge treffen den Körper überall, immer wieder. Jeder Schlag lässt mich laut jammern. Vor Schmerz und Angst, dass der Neujahrsbock von meinem Geschrei aufwacht. Es hilft aber alles nichts, sie fahren davon -- ohne mich.

Da lieg ich nun omaseelenallein in dem quietschenden angerosteten Eisenbett und schluchze leise vor mich hin. Laut sein darf ich nicht, wegen des Neujahrsbocks. Ob er noch schläft? Ich nehme allen Mut zusammen und schleiche zum Küchenfenster. Von oben aus dem ersten Stock kann ich in das Waschhaus sehen. Vorsichtig beuge ich mich vor- und pralle zurück. Der Neujahrsbock sitzt halb aufrecht hinter dem Fenster und grinst höhnisch zu mir hoch. Schnell renne ich aus der Küche und hüpfe mit einem Satz wieder in das Bett. Es ist nicht einmal eine halbe Stunde vergangen und meine Oma wird noch lange nicht nach Hause kommen. Wer wird mir helfen, wenn der Neujahrsbock ins Haus kommt? Ein Telefon gibt es bei uns nicht. Niemand in unserer Siedlung hat einen Telefonanschluss. Für diesen Luxus verschleudert niemand sein Geld.

Ich falte meine Hände zum Gebet und bitte den Herrgott um Hilfe. Dass er doch den Neujahrsbock zum Friedhof schicken möge. Und dass es bei der Vorführung des Filmes zu einem Filmriss und meine Oma nach Hause kommt. Mitten im Gebet höre ich ein Geräusch an der Haustür, die neben dem Eingang ja nur angelehnt ist. Das Herz klopft mir bis zum Hals und ich schlüpfe wimmernd und leise weiter betend unter die Bettdecke. Dann bin ich wohl vor Erschöpfung eingeschlafen.

Eine vertraute Stimme weckt mich. Die Stimme meiner lieben Oma. Sie kommt zur Tür herein. Eine kleine zappelnde Maus zwischen den Zähnen -- unserer Katze, die Oma auf dem Arm trägt. Das also war der Übeltäter des nächtlichen Raschelns an der Haustür; eine Maus. Meine Oma zeigt auf die Katze und lächelt mich liebevoll an: *„Siehst du, Knutchen, unsere Minka passt auf, damit niemand Fremdes in unser Haus eindringt."*

Da wurde mir warm zumute und die blauen Flecken vom Teppichklopfer spürte ich nicht mehr und sofort schaue ich aus dem Küchenfenster; kein Neujahrsbock.

Auf unserem Hof erblicke ich täglich einen Straßen-kreuzer. Das neue braun-weiße Goggomobil meines Onkels. Sogar die Coupe-Ausführung. Ein schniekes Auto. Und ich darf öfter mitfahren! Die hintere Rück-bank ist kaum breiter, als Tante Inges Bügelbrett und wird mein Lieblingsplatz. In unserer Siedlung sind wir die Ersten, die ein eigenes Auto besitzen. Alle Nach-barn gucken neidisch und tuscheln hinter dem Rücken.

Mein Onkel, der Maurer, hat das Geld für das Fahr-zeug mit Schwarzarbeit verdient, wie ich einmal ein Gespräch der Erwachsenen belauschte. Aber nie klärt er mich über den Begriff *Schwarzarbeit* auf. Dabei erzählt er mir doch sonst alles, das verstehe ich nicht. Eindringlich wiederholt er immer wieder: *„Das darf niemand wissen. Und schon gar nicht jemand aus der Sied-lung; die sind nur neidisch."*

In diesem Moment höre ich ein Auto auf der Straße vor unserem Haus halten.

„Die Hure kommt", ruft mein Onkel seiner Frau durch das offene Fenster zu und scheucht mich fort.

Da kommt auch schon eine Frau durch die Gartenpforte, nein keine Frau. Eine Erscheinung schwebt heran. Das Chiffonkleid mit goldenen Pailletten und einer Federboa besetzt. Hohe Stöckelschuhe und eine Handtasche aus Krokodillederimitat. Die angelegten Woolworthbrillianten bemühen sich, im grellen Tageslicht echt zu wirken. Es ist -- meine Mutter! Sie umarmt die Oma -- Ihre Mutter -- und strahlt mich an: *„Na kleiner Knut geht´s dir gut bei der Omama? Bist du auch folgsam? Du weißt, sonst musst du ins Heim!"*

„Ja ja, es geht schon mit dem Jungen, Elke", beschwichtigt meine Oma ihre Tochter.

„Schau mal, was deine liebe Mama dir mitgebracht hat", säuselt sie und hält mir eine Tafel Schokolade hin.

Dabei riecht sie so komisch nach Pafeng, oder wie das Zeuch heißt. Die Schokolade ist mit Nüssen! Dabei weiß sie genau, dass ich keine Nüsse vertrage. Ich verdrücke mich aus dem Haus. Die Nussschokolade lege ich im Vorbeigehen auf den warmen Küchenherd. Meiner Mutter scheint es nichts auszumachen, dass ich gegangen bin. Sie erzählt ihrer Mutter ausschweifend von ihrem neuen „Schatz" der auf einer Werft als Schweißer arbeitet. Nach einer halben Stunde fährt die Taxe wieder vor und Elke verabschiedet sich. Sie zieht die Haustür ins Schloss und sieht den alten *Gebrot* an seinem Fenster im gegenüberliegenden Haus sitzen. Opa Gebrot erinnert Knut immer an das Walross, das er einmal in den Tiergrotten, bestaunte. Das hatte auch einen großen runden Kopf ohne Haare, aber mit einem vollen Schnurrbart.

Auch heute sitzt Opa G., wie immer fast den ganzen Tag, an seinem Stubenfenster. Die Gardine ist beiseitegeschoben, damit er ja alles sehen kann. Die dampfende Tabakspfeife im schiefen Mund glotzt er auf unsere gegenüberliegende Eingangstür. Die ist höchstens 8 Meter von seinem Fenster entfernt. So bekommt er alles mit, was bei uns vorgeht. Jeden Tag. Woche für Woche. Viele Jahre geht das schon. Seit Knut denken kann, sitzt der olle *Gebrot* bewegungslos an seinem Fenster. Ohne eine Miene zu verziehen oder etwas zu sagen. Nur seine Pfeife bewegt sich manchmal im Mund hin und her. In diesem Moment glotzt er die Mutter von Knut an. Elke sieht das, dreht sich um, hebt ihren Rock und zieht ihren Slip herunter und zeigt dem alten *Gebrot* ihr blankes Hinterteil. Seine Augen werden groß wie die Spiegeleier in Omas Pfanne und die Pfeife fällt ihm heraus. Das ist das erste Mal, dass Opa *Gebrot* keine Pfeife im Mund hat; sie ist wohl doch nicht festgewachsen. Da erscheint Oma *Gebrot* am Fenster, reißt mit Schwung die Gardine vor und das Schauspiel ist vorbei. Seit diesem Tag an, darf Opa *Gebrot* nur noch am anderen Fenster sitzen, wo er nur auf die unbelebte Sackgasse sehen kann.

Diesen Weihnachtsbesuch würde Knut so schnell nicht vergessen, weil er jahrelang der Einzige blieb. Niemand, nicht nur er, waren böse darüber, dass seine Mutter nicht öfter zu Besuch kam.

Die Winterabende vergehen quälend langsam. Haben die vier abends oftmals *Mensch ärgere dich nicht* oder Karten gespielt, so ist dies an Weihnachten streng verboten. Onkel Polle bezeichnet dann die Spielkarten als Teufels Gebetbuch. Er fasst sie nicht einmal an. Selbst die Würfel nicht, obwohl er Glücksspiele mag. Meistens verliert Knut beim Spiel und bekommt keine Bonbons zur Belohnung, auch wenn sie ihm versprochen sind. Im Gegenteil. Sein Onkel zieht ihn damit auf, wenn er verliert. Sein Zeigefinger streicht dann unter Knuts Nase entlang und lachend sagt er: „*Fidi hat verloooren. Fidi is ein Verlierer, ein Verliere*r."

Verärgert besteht der Junge auf eine Revanche und verliert wieder und wieder. So endet es jeden Abend. Wenn sein Onkel dann keine Lust mehr hat, scheucht er seinen Neffen ins Bett.

Knut spielt mit seinen Kumpels oft am Judetenberg und der alten Dorf-Kirche. Ein uraltes Gemäuer aus Felssteinen und riesigen grauen Steinbrocken erbaut. Das Geläut ist in einem offenen Nebengebäude untergebracht. Drei Glocken hängen im Dachstuhl und den Zugang versperren mannshohe Türen. Aber sie reichen nicht bis auf den Boden, sodass die Jungs durchkriechen können. Oft ziehen sie zu zweit an den dicken Seilen, bis die Glocken laut erklingen. Dann wird schnell unter der Holztür durchgekrochen und nichts wie weg. Denn meistens kommt der Vikar angerannt. Mit dem ist, *nicht gut Erdbeeren essen.*

Am liebsten rodeln die Jungs vom Judetenberg nebenan herunter. Knut setzte sich auf seinen Schulranzen, einen Schlitten hat er nicht. Egal. Nur bekommt er zu Hause Ärger, weil seine Schiefergriffel dabei zerbrechen. Eines Tages schimpft ein Mann aus einem angrenzenden Gebäude: *„Verschwindet vom Judetenberg. Ihr stört die Totenruhe der begrabenen Menschen!"*

„Was für Menschen?", fragt ein Schulkamerad von Knut.

„Na was denkt denn ihr, aus was der Berg besteht? Da liegen ehemalige Juden, die wurden im Krieg erschossen!", kam die gruselige Antwort von dem Mann.

„Was? Wir rodeln auf einem Leichenberg? Aber, das wussten wir doch nicht", stotterte der Junge.

Wilma: „Knut! *Das ist ja schrecklich. Sind da wirklich Juden umgebracht und verscharrt worden und ihr seid auf dem Grabhügel gerodelt?"*

„Nein Wilma. Der Mann wollte wohl nur seine Ruhe vor den rodelnden Kindern haben. Ich habe das im Internet recherchiert. Es stimmt nicht."

„Gott sei Dank. Aber nun erzähle erst mal weiter."

„Wie du möchtest."

Es war damals in der Weihnachtszeit und ich wünschte mir wieder eine Einladung zu einer Feier. Kinder, die in ärmlichen Verhältnissen lebten, wurden jährlich von den Soldaten aus den umliegenden Kasernen zu einer Weihnachtsfeier eingeladen. Das veranstalteten die deutschen Armeeangehörigen der Marinekaserne und die US-Garnison vom Flugplatz am Stadtrand. Da gab es dann Süßigkeiten und Spielzeug. Ich hatte das Glück, mehrmals eingeladen worden zu sein. Die Einladung im letzten Jahr bei der deutschen Marine fand ich doof und habe mich bei meiner Großmutter beschwert. Da gab es kein Spielzeug; nur etwas anzuziehen. So 'ne blöde Cordhose und 'n Pullover. Nix mit

Süßigkeiten; nur Obst. Das wächst doch schon bei uns im Garten. Was sollte ich damit? Bei den Amis war das anders. Da wurden die Kinder mit einem grünen Armeebus abgeholt. Der Bus hatte runde Scheiben wie ein Schiff mit Bullaugen, stank nach Diesel und qualmte wie der Trecker vom Nachbarn.

Das fand ich abenteuerlich und den Raketenwerfer auch, den ich bei der Bescherung bekam. Die Weihnachtsbäume bei den Amis waren mit bunten Glühbirnen geschmückt, wie auf einer Kirmes. Das gefiel mir nicht. Aber das Militärfahrzeug schon. Das hatte eine funktionierende Abschussrampe mit einer Gummirakete darauf! So beförderte ich alle gegnerischen Soldaten mit einem Schuss ins Jenseits; das war klasse. Die Siedlungskinder waren echt neidisch und ich stand im Mittelpunkt, wenn wir unser Kriegsspielzeug nach draußen schleppten. Da mein Onkel Polle Maurer ist, lag stets ein Sandhaufen auf dem Hof. Da spielten wir Jungens Krieg in der Wüste. Ich war der Feldmarschall Bommel mit der Rakete V3A. Immer siegte ich und die anderen fanden das auf Dauer doof und spielten nicht mehr mit mir. Das wiederum fand ich doof -- und habe darum meinen geliebten Raketenwerfer an einen Cousin verschenkt.

Es ist nicht erstrebenswert in diesem kalten Winter 1958 auf der Welt zu sein. In der schlechten Zeit, wie meine Großmutter oftmals seufzt. Der Ofen war genauso kalt wie wir Hausbewohner. Weil es auch für ihn keine ausreichende Nahrung gibt. Die Wasserleitungen lassen den Lebenssaft in ihren Rohren gefrieren und meine Zehen werden binnen Minuten leblos, wenn sie aus den löchrigen Schuhen schauen. Die glitzernden Eisblumen am Fenster brauchen keine Vasen; es gibt eh keine in unserem Haushalt. Und ein Wasserklosett haben wir auch nicht.

Unsere Flickenteppichfamilie muss, wenn sie muss, das Plumpsklo im Garten aufsuchen. Onkel Polle nennt es schlicht Schiethus. Er ist der Chef von Selbigem und für die Wartung und Umsetzung verantwortlich. Daher leitet er auch sein Recht her, das Häuschen „stundenlang" besetzen zu dürfen. Wenn bei einer, von den 3 Restpersonen des Haushalts ebenfalls ein Bedürfnis aufkommt und diese eiligen Schrittes dem Klo zustrebt, wird ihr Lauf abrupt von dem Gebrüll des Erstbedürftigen gestoppt: *„Jetzt nicht, verdammt noch mal!"*

Das ist dann Onkel Polle, der das wichtige Nebengebäude wieder mal dauerbesetzt hält. Er drückt sich immer etwas rustikal dabei aus. Die anderen sind höflicher, wenn sie die Ersten im Plumpsklo sind, und bitten den Nächstbedürftigen um etwas Geduld. Einmal im Monat. Je nachdem wie viel es zu essen gibt, gebärdet sich Onkel Polle äußerst übellaunig. Das ist an dem Tag, an dem er sich um die Entsorgung, der Hinternlassenschaft kümmern muss.

Dann schleicht er nachts, wenn in der Siedlung alle schlafen, mit Taschenlampe und Spaten bewaffnet in den Garten. Das Schiethus muss wieder mal umgesetzt werden, da die Grube überläuft. Dieses Prozedere kennen alle Straßenbewohner aus eigener Erfahrung mit ihren Plumpsklos. Keines der umstehenden Häuser der Nachbarn ist an die Kanalisation angeschlossen.

Eine dicke Tonschicht verhindert, daher der Name Tonstraße für die Straße, dass die Fäkalien schamhaft in tiefere Erdschichten versinken. Ergo muss einmal im Monat ein neues Loch im Garten gegraben und das Plumpsklo darüber gestellt werden. So wird, meistens um Mitternacht herum, begleitet von kaum unterdrückten Flüchen frisches Erdreich umgelegt und ein Schiethus versetzt. Einer ist immer dran und manchmal treffen sich zwei Nachbarn zum gleichen Anlass an ihren Gartenzäunen. Dann werden vor lauter nächtlichem Gequassel der Familienoberhäupter ihre Gruben nicht fertig und am nächsten Morgen gibt es Ärger mit ihren bedürftigen Frauen.

Mein Onkel Polle schachtet wieder mal eine metertiefe Grube aus. Nachdem er damit fertig ist, schleppt er keuchend unser schiefes, wackeliges Holzhäuschen von der einen Gartenseite zur anderen herüber. Dann wuchtet er das Häuschen über die frisch ausgehobene Grube. Die, von der Familie in den Wochen zuvor gefüllte Schietgrube, wird mit der ausgehobenen Erde zugeschüttet und mit einer Holzplatte abgedeckt. Eine Auflage meiner Großmutter. Nachdem eine Stadttante, mit modernem Spül-WC, im Dunkeln in eine nicht abgesicherte Grube gefallen war.

Eines Tages, ich verspüre eine dringende Notdurft und renne die Treppe hinunter in den Garten und sehe - nichts. *„Oma, Oma"*, rufe ich zum Küchenfenster hinauf, *„Die haben unser Scheißhaus geklaut!"*

Darauf meine Oma: *„Sag' nicht immer Scheißhaus Knut!*
Du meinst sicher unser WC. Das wurde nicht geklaut, das
steht jetzt wieder bei Etzel am Gartenzaun."

In verhaltenem Tempo eile ich zur anderen Gartenseite
und siehe da, das Plumpsklo wartet auf mich. Direkt
neben dem der *Etzels*. Da den Nachbarn jeweils nur
eine Haushälfte in unserer Straße gehört, können sie
ihre Plumpsklos immer nur im Garten von hinten bis
vorne an die Straße aufstellen. Wir aber haben ein
ganzes Haus, sodass wir rund herum das Grundstück
mit unserem Häuschen belegen. Abwechslungsreich
sitzen wir einen Monat mit den *Gebrots* Plumpsklo an
Plumpsklo und im nächsten Monat mit den *Etzels*.

Da erfahren wir immer alle Neuigkeiten aus der Siedlung; einmal von denen und dann wieder von den
anderen Nachbarn. Gelegentlich fliegt auch schon mal
eine Rolle Sägespänetoilettenpapier über den Zaun,
wenn der eigene Bestand erschöpft ist.

Mir persönlich ist es lieber, wenn unser Häuschen
neben dem der *Gebrots* steht. Die haben keine so hübsche Tochter wie die *Etzels*. Da geniere ich mich immer
ein wenig, wenn Jola mich auf das Plumpsklo zusteu-

ern sieht. Mein Onkel versucht dann zu trösten, und meint, dass ich mich nicht so anstellen soll. Er erzählt dann von den Latrinen bei den Soldaten im Gefecht. Ich befinde mich aber nicht im Gefecht.

Außerdem, so Onkel Polle, bekommt unsere Hinterlassenschaften den Apfelbäumen erkennbar gut. Da hat er recht. Wir haben die größten und gelbsten Äpfel in der Siedlung. Die Nachbarn fragen meinen Onkel nach dem Geheimnis dahinter. Er bleibt aber genau so verschlossen wie unsere Schiethusgruben. Auch ich darf nichts verraten; was mir schwerfällt. Hat mein Onkel zwar keinen sogenannten grünen, aber manchmal doch einen braunen Daumen.

Einmal habe ich ihn gefragt, ob ich unser Häuschen auch mit so einem roten Herzen anpinseln darf, wie Jola bei den Nachbarn.

„WAS, ein rotes Herz?", schimpft mein Onkel, *„Wir sind doch kein Puff!"*

„Onkel Polle, was ist ..."

„Ja, ich weiß schon, was du fragen willst. Ein Puff ist ... also

das ist eine Einrichtung ..., ein Puff mein Junge ist ein Ort, wo Männer Frauen treffen können, die sie woanders nicht treffen. Ja das ist es."

„War Tante Inge da auch schon mal?"

„Fidi gleich zieh ich dir den Hosenboden stramm!"

„Lieber nicht. Was wird denn nun mit unserem Häuschen? Das sieht langweilig aus."

„Ich mach was viel tolleres als so 'n albernes Herz. Das, verspreche ich dir. Ein großes Holzschild mit einem klugen Spruch drauf. Und die Schrift brenne ich mit einem glühenden Nagel in das Holz. Unser Plumpsklo wird das auffälligste in der gesamten Siedlung und die Nachbarskinder werden dich um deinen klugen Onkel beneiden. Na was sagst du nun?"

„Was schreibst du denn auf das Schild Onkel Polle?"

„Wer andern eine Grube gräbt, hat selber keine."

„Onkel, das ist doch aber dumm, wenn man keine eigene Grube hat. Warum soll man denn für andere eine Grube *graben? Hast du schon mal für Etzel oder Gerbrot eine Grube gegraben?"*

"Fidi du Glumskopp, das ist doch nur so ein Sprichwort. Außerdem hat das ein kluger Mann gesagt!"

"Wer?"

"Na der Wilhelm Kaludrigkeit. Der stammt aus unserem Nachbarort Labiau, in Ostpreußen."

Meine Tante stöhnt laut auf: *"POLLE!"*

Ich bin mir nicht mehr sicher, ob der Onkel immer die Wahrheit sagt. Aber das werde ich wohl erst erkennen, wenn ich älter bin. Kurzum, früher war alles schlechter, oder fast alles. Manches war besser; damals.

Obwohl es kein Geld für Süßigkeiten gibt, kommen wir trotzdem an Schokolade und Kaugummis. Wir Siedlungskinder brauchen nur abwarten bis wieder einmal ein Ami-Konvoi an unserem Ortseingang hält. Die Armeefahrzeuge werden erst nach dem Feierabendverkehr durch die Innenstadt zum Hafen geleitet und so stehen sie oftmals stundenlang in langer Reihe, um auf die Weiterfahrt zu warten. Diese Zeit nutzen wir Kinder, um an den geöffneten Seitenfenstern der Armeelaster nach Süßigkeiten zu betteln. Einige Schlaue von uns haben Bilder von ihren älteren Schwestern dabei, die sie den Soldaten zeigen. Worauf die mit einem - *Whow German Frollein* - reagieren.

In den schweren Amitrucks sitzen meistens große Neger hinter dem Steuer; mit Kaugummi und strahlend weißen Zähnen im Mund. Eine Unmenge Zähne, mehr als meine Großmutter hat. Das weiß ich genau, weil ich ihre einmal heimlich gezählt habe, als die über Nacht gewässert wurden und mich bissig anstarrten. Außerdem lachen die Amineger oft und sind freundlich zu uns. Im Gegensatz zu den wenigen weißen und blassen Amis; sind die Neger fröhlicher und netter.

Sie freuen sich, dass sie zurück nach Amerika versetzt werden; die meisten -- glaube ich. Sie schnippen mit den Fingern und singen dabei Lieder. Die singen melodischer als Onkel Polle. Der kann überhaupt nicht singen. Nur wenn er Bier trinkt. Er darf aber kein Bier trinken, sonst bekommt er Ärger mit den Frauen. Also singt er auch nicht.

Wenn die Militärpolizei kommt, müssen wir Kinder schnell verschwinden. Die MP-Jeeps begleiten die Fahrzeugkolonne dann in den Überseehafen. Dort werden die Soldaten und Ihre Fahrzeuge auf Truppentransporter nach Amerika verladen. Es ist ein beeindruckendes Schauspiel für uns, wenn die Militärpolice mit rotierenden Rotlichtern auf den Jeeps die Kolonne anführt. Die deutsche Polizei kann da nicht mithalten. Die haben nur ein langweiliges Blaulicht auf ihren VW-Käfern. Außerdem darf die deutsche Polizei sowieso nie eine amerikanische Kolonne anführen. Weil sie nichts zu sagen hat in Deutschland. Wegen des verlorenen Krieges.

An dem die Deutschen gar nicht schuld sind. Die Nazis waren es, die den Krieg geführt haben, nicht die Deutschen. So erklärt es mir jedenfalls immer wieder mein Onkel. Und der weiß es am besten, denn er war damals einer der tapfersten Soldaten an der Ost-Front.

Ein Artikel in der *taz* zum Thema: „Neger"

„Liebe N-Wörter, ihr habt ‚nen Knall." Wie eine Veranstaltung zum Thema Diskriminierung und Sprache eskaliert und mit inquisitorischem Furor Politik durch Moralisierung ersetzt wird.

Es gibt Geschichten, die man einfach erzählen muss, selbst wenn man selber darin vorkommt. Zum Beispiel diese: Samstagnachmittag auf dem *taz.lab*. Unter dem Titel „Meine Damen und Herren, liebe N-Wörter und innen" diskutieren die Kolumnistin und Publizistin Mely Kiyak, der Titanic-Chefredakteur Leo Fischer und die Autorin und Aktivistin Sharon Otoo über Diskriminierung, Ästhetik und Sprache. Alle auf dem Podium wissen um den Zusammenhang von Sprache und Herrschaft, niemand bestreitet das Fortleben von Rassismus. Dennoch kommt es kurz vor Schluss zum Eklat.

Gut zwanzig Leute versuchen zu verhindern, dass der Moderator (ich) eine Passage aus einem historischen Dokument vorträgt. Die Gruppe beginnt einen Tumult, brüllt und wird von einem die Contenance nicht mehr ganz wahrenden Moderator (auch ich) niedergebrüllt („Geht bügeln!").

Schließlich verlässt die Gruppe den Raum. Sharon Otoo, mit der zuvor abgesprochen war, dass das inkriminierte Wort in Zitaten verwendet werden würde, geht ebenfalls. Bei dem Text, mit dem der Moderator (wieder ich) den Ärger der vornehmlich studentischen Aktivisten auf sich zieht, handelt es sich um die berühmte Rede von Martin Luther King aus dem Jahr 1963: „**But one hundred years later the Negro still is not free.**" In der Übersetzung der amerikanischen Botschaft: „Aber einhundert Jahre später ist der Neger immer noch nicht frei."

Noch mal: Antirassistische Aktivisten wollen verhindern, dass aus der Rede von Martin Luther King zitiert wird. Sie kreischen den Moderator (immer mich) an: „Sag das Wort nicht! Sag das Wort nicht!"
Schon zuvor halten sich einige dieser Aktivisten krampfhaft die Ohren zu, als der Moderator (also ich) aus einem saudummen Text von Adorno vorliest sowie die umstrittene Passage aus Otfried Preußlers Kinderbuch „Die kleine Hexe", wobei das Wort „Negerlein" fällt. Es ist dies ein zwangsneurotisches Verhalten, das man weniger bei aufgeklärten Menschen, Intellektuellen gar, vermuten würde und das an ganz andere Leute erinnert: An katholische Nonnen, die versehentlich auf Youporn gelandet sind („Weiche, Satan!").

Oder an Hinterwäldler in Pakistan, die mit Schaum im Bart und Schuhen aus Autoreifen an den Füßen gegen Karikaturen protestieren („Death to Amerikka!").

Zwangsneurotisch und inquisitorisch.

Ähnlich ist nicht nur der religiöse Abwehrreflex, ähnlich ist auch der inquisitorische Furor, mit dem man zu Werke geht. In diesem Zusammenhang also: Das Wort „Neger" ist schlimm, schlimm, schlimm und muss weg, weg, weg.

Und zwar ganz egal, ob in Astrid Lindgrens „Pippi Langstrumpf", einem Buch, das, Mely Kiyak hat zuerst darauf hingewiesen, von einem kolonialistischen Weltbild durchzogen ist, welches sich nicht dadurch wegretuschieren lässt, indem man „Negerkönig" durch „Südseekönig" ersetzt. Oder in Mark Twains „Huckleberry Finn", einem antirassistischen Roman, dessen Figuren zwar so reden, wie man Ende des 19. Jahrhunderts in den Südstaaten geredet hat, in dem das Wort „Nigger" aber vor allem eines ist: eine Anklage gegen die Sklavenhaltergesellschaft.

Diese Leute haben keinen Respekt vor der Authentizität von Texten, am wenigsten bei Kinderbüchern – als ob diese, Bettina Gaus hat dies bereits geschrieben, keine Literatur wären. Für diese Leute spielt es auch keine Rolle, zu welchem Zweck jemand die inkriminierten Vokabeln benutzt. Und inzwischen ist es auch egal, ob man das Schimpfwort „Nigger" mit einem Bann belegt und als „N-Wort" umschreibt, oder das Wort „Neger", welches eben nicht – siehe Martin Luther King – dieselbe Begriffsgeschichte aufweist."

Quelle: taz vom 22.4.2013   *Kolumne Besser*

Lehrer Link erzählt uns genau das Gegenteil von Onkel Kallas Schilderungen. Aber der Pauker ist nie Soldat gewesen; nur Lehrer. Sonst mag ich ihn. Er unternimmt mit unserer Klasse einmal eine mehrtägige Fahrt an die See. Mit Übernachtungen in einer Jugendherberge. Das ist schon toll. Es gibt leckeres Essen und die Luft richt so frisch nach Meer. Nicht direkt im großen Schlafsaal, aber draußen am Strand. Wenn wir dann ins Watt laufen, sehen wir imposante Frachtschiffe in der Fahrrinne vorüberschwimmen. Watt is, wenn das Wasser weg ist; erklärt uns Lehrer Link. Leider ist es meistens am Tage nicht da und wir können nur selten baden.

Um das zu verstehen, werden uns die Gezeiten erklärt. Sechs Stunden ist Ebbe -- wie oftmals in Omas Geldbörse. Dann eine halbe Stunde Stauwasser und dann sechs Stunden Flut. Das wiederholt sich täglich, jahraus, jahrein. So lange wie der Mond besteht. Denn der hat darauf großen Einfluss, wenn das Wasser mal wieder vom Strand verschwindet. Durch die regelmäßige Zeitverschiebung der Flut hat auch die Frau von unserem Lehrer nur selten Gelegenheit, sich am Seewasser zu erfreuen. Herr Link hüllt sie nach dem Schwimmen immer in ihren Bademantel. Es ist ein hübscher schneeweißer Bademantel mit Muscheln und Meer drauf. Die Frau von unserem Lehrer ist hübsch. Hübscher als ihr Bademantel, und netter. Ihr Mann Herr Link, ist auch nett - obwohl er diesen fiesen Namen trägt. Alles in allem erinnere ich mich gerne an den Schulausflug. Es war eine zwar kurze, aber unbeschwerte tolle Zeit in dem Jahr.

Eine positive Zeit hatte ich auch mit den Jungs beim Fußballspiel; meistens jedenfalls. Nur die Mannschaftsaufstellung mochte ich nicht. Da musste ich immer bis zum Schluss der Verteilung warten, weil mich die Mannschaftsführer zu allerletzt auswählten. Egal. Hauptsache ich durfte mitspielen. Manchmal wählten sie mich sogar schon als Vorletzten in eine Mannschaft. Das geschah meistens, wenn Jan Schlieb mitmachen wollte. Der lief so komisch, weil er mal Kinderlähmung hatte, oder so etwas Ähnliches. Da konnte ich schon schneller laufen, als der. Allerdings nicht so schnell wie Golli Ferse. Niemand war so schnell wie Golli. Außerdem hatte er Tricks auf Lager, da wurde einem schon schwindelig beim Zusehen. Der macht bestimmt mal eine Profikarriere. *(Jahre später sah ich ihn als 2-Zentner-Mann zufällig in einem Fastfood-Lokal)*

Bei unserem Spiel in der letzten Woche schoss ich ein Tor. Da stürmten die Kumpels auf mich zu und umarmen mich beinahe. Es fühlte sich gut an, so gelobt und gefeiert zu werden.

Frage an die Großeltern:
Wie war die Schule vor über 50 Jahren
von shz.de 04. April 2009, 04:59 Uhr [sic}

STERUP | Die heutige Schule wird stark kritisiert, zum
Beispiel die Schulreformen oder die Gewaltbereitschaft
an den Schulen. Doch wie war es früher? Waren Lehrer
strenger als heute? Die Klasse R8b der Heinrich-Andre-
sen-Schule in Sterup informierte sich bei Menschen der
Jahrgänge 1935, 1946 und 1956 über ihre Erinnerungen
an die Schulzeit.

„Es wurde mit dem Lineal auf die Finger geschlagen,
an den Ohren gezogen oder eine Ohrfeige verpasst. Ob
die Lehrer schlagen durften, wusste keiner so recht.
Geschadet hat es wohl nicht. Damals saßen 40 bis 72
Kinder, also 4 Klassen mit Schülern im Alter von sechs
bis acht Jahren, in einem Raum. Sportunterricht fand
erst ab der 5. Klasse in einer Turnhalle statt. Eine Lehr-
kraft unterrichtete fast alle Fächer vom Lesen, Rechnen, Sport bis zu den Naturwissenschaften. Der Besuch
der Volksschule war kostenlos, für Mittelschule und
Gymnasium musste mit Schulgeld privat bezahlt
werden. Unterrichtet wurde an sechs Tagen in der
Woche, manchmal im Schichtunterricht vor- und nachmittags, weil die Räumlichkeiten nach dem Krieg fehl-

ten. Ein warmes Mittagessen zur Stärkung in der Schule war eher die Ausnahme, wenn überhaupt, dann gab es Eintopfgerichte. Der Ablauf einer Unterrichtsstunde wechselte von Stillarbeit zu Frontalunterricht. Wenn man gefragt wurde, musste man aufstehen. An Hausaufgaben saßen die Kinder zwischen zwei und drei Stunden täglich. Schriftliche Arbeiten wurden meist nicht angekündigt, in den Klassen 1 bis 4 wurden kaum Klassenarbeiten geschrieben. Eine Anerkennung von Legasthenikern kannte man noch nicht. Heute kommen die meisten Schüler mit dem Bus oder dem Pkw zur Schule. Damals ging der größte Teil zu Fuß, nur die Wohlhabenden kamen mit dem Fahrrad, und der Schulweg betrug manchmal fünf Kilometer und mehr."

Gab es auch Klassenfahrten?
„Eher Ausflüge zu Fuß oder mit dem Fahrrad im Umkreis von sechs Kilometern, wo man dann auch übernachtete, mal eine Klassenfahrt nach Sylt. An Schulveranstaltungen, „die immer sehr lustig waren, weil da viel gespielt wurde", an Streiche wie das gekaute Kaugummi, das unter die Türklinke geklebt wurde und in das der Lehrer griff, erinnerte man sich gem.

Es gab aber keinen Ärger deshalb, sondern eine Ermahnung."

Unsere letzte Frage lautete: „Wenn Sie die Schule damals mit der heutigen vergleichen, war früher alles besser oder schlechter?"
Alle Befragten antworteten einstimmig, dass sie die heutige Schule für besser hielten, weil es mehr Ausbildungsmöglichkeiten gebe, die Lehrer sich Zeit nehmen für die Kinder und vielseitige Arbeitsmaterialien austeilten.
Darüber mussten wir doch noch mal nachdenken.

Quelle: Flensburger Tageblatt April 2009

Die Grundschule wurde von mir befriedigend abgeschlossen. 1960 wird es auf die neue Schuleinrichtung Hauptschule abgehen. Der moderne Neubau heißt *Erich-Oldersum-Schule*. Durch die geschwungenen Dächer und bunten Farben wirken die Gebäude schwerelos. Die 2 Meter hohen und 3 Meter breiten Schiebefenster geben den Klassenräumen Licht und Luft. So etwas haben wir Schüler aber auch die Lehrer noch nie gesehen.

Ehrfurchtsvoll betreten wir die Räume, die nach dem frisch verlegten Stragula riechen. Die Bestuhlung, bequem und alles neu. Nur der Klassenlehrer nicht. Der ist schon vierzig Jahre alt und war vorher bei der Kriminalpolizei beschäftigt. Warum er zum Pädagogen mutiert ist, dafür hat niemand eine Erklärung. Und der Lehrer, Herr Pechs, schweigt sich darüber aus. Der erste Tag an der Schule ist geschafft und ich erzähle meinem Onkel davon.

Nicht dass er sich dafür übermäßig interessiert, er liegt unter seinem Auto. Irgendetwas mit den Bremsen funktioniert nicht. Als gelernter Maurer hält er sich für befähigt die Reparaturen selbst vorzunehmen. Ich rede wie ein Papagei und er grunzt nur zwischendurch, was ich als Zustimmung verstehe. Minuten später ist er fertig -- die Bremsen sind es nicht. Er wischt sich fluchend die Finger an der Hose ab und geht mit mir ins Haus; Abendbrot essen.

Nach dem Essen dreht sich mein Onkel eine Zigarette, steckt sie an und bläst mir den Rauch ins Gesicht. *„Komm Fidi, ich zeig dir mal das Kartenspiel 17+4. Du bist jetzt alt genug dafür. Das langweilige Spiel* Mensch ärgere dich nicht *lassen wir die Frauen spielen.* Das is nichts mehr für Männer. Hier misch mal die Karten, du Mischling", lacht Onkel Polle und reicht mir das Päckchen Spielkarten herüber.

Der Neuheitseffekt der *Erich-Oldersum-Schule* ist aufgebraucht. Hier müssen die Schüler genauso still sitzen und dürfen nicht miteinander reden, wie in der vorherigen Schule. Scheiß-Schule! Da lob´ ich mir den Schietberg. Der ist dagegen das reinste Abenteuer. Oft finde ich etwas Wertvolles in dem Müll, den die Werft-Lkws abladen. Entweder es ist zu Hause zu gebrauchen oder der Schrotthändler - heute: Wertstoffverwerter - zahlt einem ein paar Pfennige dafür. Mein Onkel Polle ist schon damals ein Wertstoffverwerter. Der wirft keinen Nagel weg, selbst wenn er krumm ist.

74

„*Fidi*", spricht er mich eines Tages an, „*Du läufst doch immer durch die alte Dorfstraße zur Schule. Wenn du dabei auf den Boden schaust, siehst du bestimmt den einen oder anderen Nagel. Den bringst du dann mit und wirfst ihn in die Milchpulverdose, die Oma Anna von den Amis bekam. Du weißt schon, das Care-Paket aus Amerika.*"

„*OK Onkel Polle, mach ich. Reparierst du mir dann auch das Fahrrad?*"

„*Alter Lorbass. Ich hab dir doch das Fahrrad flicken beigebracht und dir Flickzeug gegeben. Hast du das etwa an deine Kumpels versilbert?*"

„*Nein hab´ ich nicht. Aber der Fahrradmantel hat einen Nagel verschluckt. Den kann man nicht reparieren. Wir müssen einen Neuen kaufen.*"

„*Was, kaufen? Du bist wohl verrückt geworden. Das reparieren wir selbst. Komm her, ich zeig´ dir, wie das geht!*", schnappt mich mein Onkel am Arm und schleppt mich zum kaputten Fahrrad.

„*Der Bengel hat wieder mein Fahrrad benutzt und nun ist es platt. Gut, dass du es mir in Ordnung bringst Polle. Ich* kann sonst nicht einkaufen fahren", höre ich meine Tante aus dem offenen Küchenfenster rufen.

„Einkaufen?" Echot mein Onkel: *„Du warst, doch erst gestern einkaufen. Da kann ich nicht gegen an verdienen."*

„Aber Polle. Ich muss doch jeden Samstag einkaufen; du willst schließlich was essen", triumphiert seine Frau.

„Ja schon gut. Kauf aber nicht wieder irgend so ein unnützes Kleid", hebt mein Onkel Polle die Stimme.

Darauf Tante Inge: *„Das war doch ein Sonderangebot letzte Woche. Für die Hälfte des Preises. Da habe ich glatt 10 Mark gespart."*

„Gespart? Dass ich nicht lache. Du hast 10 Mark zum Fenster rausgeworfen. Der Kauf war überflüssig. Du hast sieben Kleider im Schrank, obwohl du nur eins zurzeit anziehen kannst", schimpft ihr Mann vorwurfsvoll.

„Männer", schnaubt meine Tante nur verächtlich und hörbar das Küchenfenster schließen.

So wird auch manches Fenster am folgenden Sonntag-morgen in unserer Siedlung geschlossen. Der Grund bin ich. Denn, ich ziehe mit einer Fanfare durch die Straße und blase aus Leibeskräften in das Blechinstru-ment hinein. Nachbarn schimpfen und ein Hund rennt hinter mir her, sodass ich schnell zu unserem Flüss-chen *Rinne* laufe. Dort ist es absolut still und ich kann endlich mit der Fanfare üben.

Eine Bedingung hat der Lehrer gestern im Unterricht gestellt, als er uns die Musikinstrumente vorstellte. Nur wer auf Anhieb einen Ton aus der Fanfare heraus bekommt, wird im zu gründenden Spielmannszug auf-genommen. Außerdem kann die oder der erfolgreiche sofort das golden glänzende Instrument zum Üben mit nach Hause nehmen. Einen Ton heraus zu bekommen, ist nicht so leicht, wie man glauben möchte. Ich habe aber beim letzten Schützenfest genau aufgepasst. So weiß ich, dass man bei einer Fanfare die Lippen zusammenpressen und nicht wie bei einer Trompete, nur reinpusten muss. Mit diesem angewandten Wissen gehöre ich zu den wenigen Auserwählten, der eines der 5 Instrumente mitnehmen darf. Unsere Schule hat die von einer US-Bigband, die zurück in die USA geht, gestiftet bekommen.

Ich presse mit voller Kraft Luft in die Fanfare. Es ist laut - und schrecklich. Das jedenfalls behaupten die Angler, während ihre hochroten Köpfe, einer nach dem anderen, aus dem Schilf auftauchen.

„Spinnst du? Was soll der Lärm? Willst du uns die Fische verscheuchen? Verschwinde, aber schnell. Sonst mach´ ich dir Beine!", schreit mit überschlagender Stimme ein Fischermann und wirft mit einem Stein.

Die Fanfare unter dem Arm renne ich nach Hause und verstaue meine Musikerkarriere sofort in den blauen Samtkoffer. Oma beendet das Ganze zusätzlich mit den Worten: *„Die nimmst du morgen gleich wieder mit zur Schule und gibst sie deinem Lehrer zurück!"*

Die Klasse von Knut bekam für einige Wochen eine Vertretung für den erkrankten Mathelehrer. Sie hieß Schmitt und setzte als erste Amtshandlung den Hinterbänkler Knut auf einen freien Platz in vorderster Reihe. Gleich neben die dünne Anita. Dort wollte sonst niemand sitzen, weil sie so komisch roch. Sie war schüchtern und wurde von vielen gehänselt. Knut war nicht wirklich begeistert und gespannt auf die nächste Aktion der neuen Lehrerin.

Am 3. Tag schrieben sie eine Mathearbeit, die matt ausfiel. Lehrerin Schmitt stand traurig vor der Tafel und gab den Klassenspiegel bekannt: *„1 x Note sechs, 13x die Note fünf und einmal eine EINS! Der Rest lauter Vieren; keine drei oder zwei! Kinder wie schlecht ist das denn. Das war doch nicht so schwer. Die Parallelklasse hat da letzte Woche aber besser abgeschnitten!"*

„Knut, komm einmal nach vorne", rief sie und winkte den Jungen zu sich. Der wollte am liebsten unsichtbar werden, als einige Mitschüler lachten und ein Kecker scherzte: *„SECHS- nach vorne kommen! Hahaha."*

Da lachten dann alle Schüler, bis die Lehrerin mit einer energischen Armbewegung augenblicklich für Ruhe sorgte. In die Stille hinein sprach sie, jedes Wort betonend: „*Gratuliere Knut. Die beste Arbeit; eine glatte Eins!*"

Man hätte einen Regenwurm husten hören können, so still war es in diesem Moment in der Klasse, trotz der 36 Schulkinder. Dann, ein stürmischer Chor: „*Abgeschrieben, abgeschrieben!*"

„*Kinder -- sagt mir mal bei wem. Es gibt nur eine Eins!*"

Und wieder spürte jeder das Schweigen in der Klasse und man sah gesenkte Häupter. Nur Knut strahlte und konnte sein Glück nicht fassen.

Nach der Schulstunde kam Willi auf ihn zu: „*Hör´ mal Kleiner. Mein Alter meckert; weil meine Versetzung -- na du verstehst schon. Da gibt´s dann wieder Dresche. Na ja vielleicht kannst du. Mathe und so. Nicht dass du jetzt denkst ... ich mein´ ja nur.*"

„*Ich weiß was du meinst Willi. Ich bin morgen nach der Schule bei der Höhle am Fluss, OK?*"

Zwei Nachbarskinder stehen vor der Haustür und überreden Knut, mit zur nahe gelegenen Landstraße zu kommen. Sie wollen die angekündigte Besuchskolonne mit dem Bundeskanzler begrüßen.

Dort soll dann Folgendes geschehen sein, so erzählte es ein Polizist am nächsten Tag der Oma. Einer der Bengel, wahrscheinlich der Wilfried, hatte ein Wahlschild aus dem Erdreich herausgerissen. Auf dem eine Deutschlandkarte mit der Aufschrift: *3 geteilt - niemals* geschrieben war.
Dieses Schild wurde von dem kleinsten der Drei (Wilfrieds Bruder) dann mit ungelenker Handschrift übermalt. In fetten Buchstaben stand dann auf dem Wahlschild: *„Erhat ein Hoch"*.

Alle drei stellten sich an den Straßenrand und hielten das Schild in die Höhe, als sich der Konvoi mit dem Bundeskanzler näherte. Es kamen große Limousinen mit einer Eskorte Polizeikrädern. Vorne und hinten jeweils drei. Sie waren fast vorbei, da hielt ein Polizist sein Krad an und kehrte um. Neugierig auf das, was kommen würde, warteten die Jungs erst einmal ab.
Der Motorradpolizist stellte seine Maschine an den Straßenrand und kam in drohender Haltung auf die

Kinder zu. Er schimpfte, riss den Kindern das Schild aus den Händen und warf es in den Straßengraben. Da löste sich die Verblüffung der Jungs und sie rannten davon. Knut beschlich die Ahnung, dass Wilfrieds kleiner Bruder in Rechtschreibung nicht helle zu sein schien.

„Der Bulle war sehr wütend und hätte uns bestimmt verhaftet oder erschossen, wenn wir nicht abgehauen wären", lachte Wilfried im Schutz der Büsche.

Die Kinder hatten nichts außer Unsinn im Kopf -- meinte Oma Anna. Besonders der Wilfried. Das einzig Friedliche an dem ist die 2. Silbe in seinem Namen.

Einen Tag nach dem Vorfall an der Landstraße steht ein Polizeiwagen vor unserem Siedlungshaus. Ich komme gerade von der Schule. Sofort kehre ich um; in Richtung Schietplatz. Auweia das hat mir noch gefehlt. Ich werde in meiner Erdhöhle übernachten müssen, sonst gibt es mit dem Teppichklopfer. Aber morgen wird der Ärger über die Sorge um mich bei meiner Oma verraucht sein. Warum stellt sich die Polizei wegen des Schildes so an? Wir wollten doch nur den Kanzler in unserer Stadt willkommen heißen. Das ist gründlich schiefgegangen. Schuld daran ist Willis kleiner Bruder, der etwas falsch geschrieben hatte.

Nachdem ich mich doch noch traue, nach Hause zu schleichen, schimpft meine Oma mit mir. Ja es stimmt. Die Polizei war vorhin wegen des Schildes da. Irgendjemand muss uns verpfiffen haben. Natürlich gibts eine Abreibung, diesmal von Oma. Aber das ist nicht so schlimm, denn ich renne nach dem ersten Hieb auf meinen Rücken schon weg. Zu den drei *Meier-Jungs*, die am Schietberg wohnen. Der Jüngste mit 12 Jahren ist Hellwart und den frage ich verwundert nach seiner neuen Frisur. Die anwesenden Brüder und seine Schwester lachen laut auf. Edgar, der älteste, erklärt:

„Der Knaller wollte heimlich mit meiner Quickly eine Spritztour unternehmen, aber er konnte das Moped nicht starten. Da hat der Blödmann ein Streichholz angezündet, um zu sehen, ob noch Sprit im Tank ist. Das Ergebnis siehst du auf seinem Kopf."

Jetzt rieche ich es auch. Verbrannte Haare. Während der Erzählung schaut Hellwart nur bedröppelt drein. Die Runde kann sich immer noch nicht vor Lachen einkriegen. Seine Schwester Agnes hält sich dabei demonstrativ die Nase zu. Die hat es gerade nötig, denke ich bei mir. Die riecht doch selbst. Immer müffelt sie nach Fisch. Ich mag sie und für den Fischgeruch kann sie nichts. Ihr Vater ist im Fischereihafen tätig und daher steht bei den Meiers meistens Fisch auf dem Tisch.

Damals bekam fast jeder zweite Haushalt der Hafenstadt Fisch von jemand aus der Verwandtschaft, Bekanntschaft oder von jemandem, der jemand kannte, der in der Fischwirtschaft beschäftigt war. Die Stadt hatte einen großen Fischereihafen.

Fast alle lebten von oder für den Fisch. Einige der Bewohner fuhren selbst auf einem Fischdampfer und brachten *Heimatfisch* mit nach Hause. Kurzum, die komplette Stadt lebte mehr oder weniger vom Fischfang. Das rochen auch die Verwandten von Knut, wenn sie denn mal aus der Großstadt zu Besuch kamen. Eigentlich roch jeder der Einwohner nach Fisch. Die ganze Stadt stank danach, wenn der Wind ungünstig stand. Aber der größte Teil der Bevölkerung war froh, dass es ihn gab, den Fisch. Sonst hätten viele nach Kriegsende Hunger gelitten.

Eine Straßenbahn bediente extra den Fischereihafen. Die Tram fuhr vom Bahnhof in das Hafenviertel, zu den Hunderte Meter langen Fischfabrikhallen. Die waren unmittelbar an den Kajen erbaut worden. So wurde der Fang, aus den Fischdampferladeräumen direkt per Laufband in die Fabrikhalle gelöscht. Löschen nannte man das Entladen der Fischdampfer und hatte absolut nichts mit einem Feuer zu tun. Ergo benannte man die Mannschaft, die den Fischfang vom Schiff an Land beförderte, eine *Löschgang* - abgekürzt Gang. Was wiederum nicht mit einer kriminellen Vereinigung verwechselt werden durfte. Für Außenstehende blieb es immer ein Rätsel, wenn mittags um 12 Uhr im Radio der Gang 4, Tampen 2 zur Nachtschicht in den Fischereihafen aufgerufen wurde. Die Kinder allerdings, verstanden solche Durchsagen. Sie wussten auch, dass Straßenbahnfahrer strafversetzt wurden, wenn sie Mist gebaut hatten oder dreist zu ihrem Chef waren. Dann ging es ab in den Fischereihafen. Wo es stank und was zusätzlich anstrengend war. Es gab im Gegensatz zu anderen Straßenbahnen für den Fahrer keine Sitzgelegenheit. So musste er seine komplette Schicht an der Straßenbahnkurbel im Stehen zubringen. Wenn er dann abends angestunken nach Hause kam, bemühte sich seine Frau, ihn wieder aufzurichten. Die Dienstkleidung wurde sofort zum Lüften draußen aufgehängt.

Bei den Meiers wusch man nicht oft die Wäsche, das hieße nur unnütz Waschmittel verschwenden. Schließlich musste Herr Meier jeden Tag erneut in den Fischereihafen und es war einfacher und kostengünstiger gleich stinkend zur Arbeit zu gehen. Nur für die Tochter Agnes wurde öfter gewaschen. Das forderte sie vehement, weil ihre Lehrerinnen sie anfangs missbilligend anschauten.

Also die Agnes und meine Nachbarin Jola wurden für mich immer interessanter. Leider hatte der 2 Jahre ältere Egon Meier bereits ein Auge auf Jola geworfen. Da blieb mir nur seine Schwester Agnes. Die war nett –

trotz des Fischgeruchs. Außerdem nicht so versaut wie die Jola. Die hatte schon mal Schweinkram mitgemacht; mit dem Egon. Doktorspiele und so was. Und heimlich mit ihm Pfuihefte angesehen. Darin waren Frauen und Männer - *ohne was an* - abgebildet. Echte Fotos. Da sah man alles. Auch untenrum. Die Hefte hießen FFK oder ähnlich. Meine Tante schimpfte, dass der Meierjunge eine Sau sei und ich nicht mehr zu denen hingehen darf. Ich suchte mir andere Kumpels und landete bei Rainer Mühle. Ein Mitschüler von mir. Der besaß ein Tonbandgerät, mit dem er die neusten *„FFN-Hits"* aufnahm. *She loves you* kam gerade von den Beatles heraus. Die fand ich toll. Rainer mochte aber lieber die harten Jungs, die Rolling Stones.

Zur damaligen Zeit sind Hosen mit Schlag in Mode. Die Oma bedränge ich so lange, bis ich eine zum Geburtstag bekomme. Am nächsten Tag vermisst Tante Inge das kleine Silberglöckchen im Bauer ihres Wellensittichs. Das habe ich heimlich dem Hansi geklaut und nun hängt es an meinem Hosenschlag und macht bei jedem Schritt klingelingeling. Natürlich nur außerhalb unseres Grundstückes. Die Tante darf nicht dahinterkommen, wer ihrem geliebten Vögelchen das Glöckchen geklaut hat. Sonst gibt es wieder Dresche.

Zwar verdächtigt sie mich, aber ich werde von meinem Onkel Polle verteidigt: *„Ohne Beweise, bleibt der Junge ungeschoren.“*

Es gibt vorerst keine Prügel. Ich mag sie immer weniger -- die Tante Inge. Schade, dass meine Oma sich bei der gemeinsamen Pilzsuche nie vertut. Wirklich schade.

Apropos Pilze. Die Beatles hatten alle vier einen Pilz-Haarschnitt. So nannte sich die Form und so sahen ihre Köpfe auch aus. Wie Pilze. Diese moderne Frisur wollte ich gleichfalls haben und bat unseren Siedlungsfriseur *Bartefeld,* mir einen solchen Pilzkopf zu verpassen.

Das machte ihn jedoch ungehalten und er schaute mich grimmig an: *„Ich verpasse dir gleich was anderes du Rotzlöffel. Du kriegst den Schnitt wie immer; wie die anderen Jungs!“*

Kleinlaut setze ich mich auf den Küchenstuhl im Hinterraum der Werkstatt. Herr B. klappte sein Holzkästchen mit dem eingeklebten Spiegel im Deckel auf, und begann mit seiner handbetriebenen Schermaschine das Martyrium. Vorne kurz, hinten kurz und an den Seiten kurz (*er erklärt diese Radikalität meiner Großmutter mit der Läusegefahr*)! Das Werk war beendet und ich sah wieder aus, wie jeden 2. Monat und all' die anderen 7 Siedlungskinder. Meine 50 Pfennig legte ich brav auf den Waschtisch und war bedient. Schade, dass Herr B. keine Pilze isst.

Selten war ich aufgeregt wie an diesem Tag. Es gibt Zeugnisse und es ist der allerletzte Schultag. Mir ist klar, dass meines nicht gut ausfallen wird. Nicht gut ausfallen kann. Dafür habe ich zu viele Fehlzeiten. Die Schule interessiert mich nun einmal nicht. Die Natur erkunden, Höhlen und Flöße bauen, Grabentouren und auf dem Schuttabladeplatz nach Schätzen suchen. Das ist meine Welt.

Der Lehrer *Pechs* ruft mich in der Klasse nach vorne. Er überreicht mir mit einem geringschätzigen Gesichtsausdruck den Jammerlappen. *„Tja Förster, was soll ich sagen. Du bist der schlechteste Schüler von über 800 Schülern an unserer Schule. Eine 4 und der Rest alles 5'er und 6'er - ein Abgangszeugnis; kein Abschlusszeugnis! Mit* *diesem Zeugnis kannst du nur Obdachloser oder Krimineller werden. Mach's Beste draus."*

Mit diesen Worten - vor versammelter Klasse - entlässt er mich. Fast bin ich unter den mitleidigen Augen der Mitschüler an der Ausgangstür angelangt, da ruft er mich zurück. Am Pult überreicht er mir ein Päckchen mit den Worten: *„Foerster, die Butter blieb gestern bei der Abschlussfeier übrig. Nimm sie mit nach Hause. Da kannst du dir mit deiner Großmutter auch mal was Gutes gönnen."*

Probleme mit dem Konzept der Hauptschulen:

Schullehrer werden auch als „Pädagogen" bezeichnet, womit deutlich wird, dass zu ihrem Aufgabenfeld nicht nur die Vermittlung von Wissen, Fertigkeiten und Einsichten, sondern auch die Vermittlung von Verhaltensweisen und Wertestrukturen gehört. Der über die fächerbezogene Stoffvermittlung hinausgehende Erziehungsauftrag umfasst die Verantwortungsnahme und das Engagement für eine ganzheitliche Menschenbildung, was bedeutet, dass auch Lebenshilfe in Form von substanziellen Beiträgen zu elementaren fächerübergreifenden Aufgabenfeldern zu erbringen sind wie der Persönlichkeitserziehung, der Ethik, der Verkehrserziehung, der Sexualerziehung, der Wagniserziehung oder der Gesundheitserziehung. Dies trifft vor allem für die Allgemeinbildenden Schulen zu.

Probleme mit dem Konzept der Hauptschulen.

Aufgrund der besonderen Problematik der Hauptschulen wird oft zusätzlich zum Lehrplan ein besonderer Schwerpunkt auf die Schulpädagogik und die schulische Sozialarbeit gelegt. So sind Angebote zur Gewaltprävention, der Streitschlichtung und der Suchtprävention vor allem an Hauptschulen keine Seltenheit.

Wegen der besonderen Problematik der Schulform „Hauptschule" wird in den vergangenen Jahren mehrfach versucht diese Schulform zu reformieren – auch die Abschaffung wird bereits diskutiert. Im Rahmen solcher Reformprozesse teilte man zum Beispiel die Gesamtheit der deutschen Hauptschulen in 3 Kategorien ein: Der Großteil der Schulen (45%) entspricht dabei der Modalform mit einem mittleren Leistungsniveau. Auf leistungsstarken Hauptschulen wird kein Unterschied zu den Schülern der Realschule festgestellt – interessant ist, dass sich diese Schulen vor allem in Bayern, Baden-Württemberg, Rheinland-Pfalz und den ländlichen Regionen Nordrhein-Westfalens finden ließen.

Die 3. Kategorie umfasst die sogenannten Problemschulen, die auf einem sehr niedrigen Leistungsniveau sind und zu denen etwa 16% der deutschen Hauptschulen zählen. Bei diesen Schulen liegt der Anteil der Schüler mit Migrationshintergrund im Durchschnitt bei etwa 50%, etwa 40% der Eltern dieser Schüler haben selbst keine abgeschlossene Berufsausbildung und in etwa 1/3 der Familien gibt es Fälle von Arbeitslosigkeit. Hier manifestiert sich der direkte Zusammenhang zwischen der Schulform mit den sozialen Brennpunkten."
Quelle: www.bildungsxperten.net

Großmutter: „*Was soll aus Dir nur werden Junge? Dein Onkel bringt dich morgen zu* Wechtel, *in die Autowerkstatt. Da lernst du was.*"

Knut: „*Na gut, wenn du unbedingt willst.*"

Eine der modernsten Tankstellen war sie 1965. Die Schnell-Tankstelle von *Wechtel* in der Flussstraße. Und eine Automarken-Vertretung mit großer Verkaufshalle und einer Werkstatt angegliedert. Das wird zukünftig der Arbeitsplatz von Enkel Knut als Autoschlosserlehrling sein. Das Schulzeugnis war zwar unter aller Würde, aber es herrschte großer Nachwuchsmangel in den sechziger Jahren. Da nahmen sie eben jeden; selbst so einen wie Knut.

Es standen sogar zwei Betriebe zur Auswahl, bei denen der Junge eine Lehre hätte anfangen können. Omas Schwiegersohn hatte *Wechtel* für ihren Enkel ausgesucht. Polle tankte dort immer seinen Goggo auf und bestellte neue Glühlampen für seine Scheinwerfer, die regelmäßig durchbrannten. Dabei hatte der Wagen gar keine richtigen Scheinwerfer, da sie keinen Schein warfen. Nur wenn Polle Vollgas gab, leuchteten sie hell auf. Weil das Goggomobil ein 2-Takter ist. Und Polle tankte daher nur an der Mopedzapfsäule. Einmal verwechselte er das Gaspedal mit dem Bremspedal. Da litt die EGO-Zapfsäule seines ostpreußischen Landsmanns *Neurigkeit* darunter. Seit jenem Tag tankt Omas Schwiegersohn nur noch an der Schnell- Tankstelle.

Die nächsten Wochen, in Gestalt eines Kfz - Mechanikers, bestehen darin, den 4-jährigen Sohn meiner Chefin auf den umliegenden Spielplätzen zu suchen. Er kommt nie freiwillig nach Hause. Wenn ich nicht die Werkstatt fege, darf ich Brötchen und die *WILD-Zeitung* für die Gesellen einkaufen. Und ich muss mir die wochenendlichen Fraueneroberungsgeschichten am Montag, von dem Autoverkäufer *Segler* mit anhören, die dieser unaufgefordert dem Tankwart bei jeder Gelegenheit vorschwärmt. Seine ordinären Frauengeschichten und Wochenendbesäufnisse sind selbst dem manchmal zu viel. Aber er lässt dies mit stoischer Höflichkeit über sich ergehen.

In der Berufsschule bekomme ich Probleme, weil ich unter der Rubrik Gelerntes das Erlebte eintrage. Was anderes kann ich nicht reinschreiben, da ich nichts lerne - mir niemand etwas beibringt. Trotzdem bekomme ICH eine Verwarnung von der Schule, die besser an meine Ausbildungsstätte gerichtet sein sollte. Aber das traut sich die Lehrerschaft an der Berufsschule nicht. Und so ändert sich nichts für mich und ich muss die meiste Zeit oben an der Tankstelle aushelfen. Die Kfz-Werkstatt sehe ich nur von Weitem.

Heute, ich mache wieder mal den Aushilfstankwart an der Tankstelle, kommt eine dreirädrige Isetta vorgefahren. Der Fahrer steigt aus und gibt mir den Schlüssel zum Tankverschluss: „Mach mal voll, Junge", ruft er mir zu und verschwindet in den Glasanbau, wo der Haupttankwart Gerd Kolben auf einem alten Bürostuhl thront.

Ich stelle den Zapfhahn auf Automatik und reinige derweil die Windschutzscheibe der Isetta von toten Insekten. Die Isetta ist ein besonderes Automobil. Nicht nur die kleine Größe. Viele Menschen benennen die Isetta auch Knutschkugel. Die Kleene wurde bis 1962 gebaut. Selbst bei der Polizei kommt sie als Streifenwagen zum Einsatz. Das kleine Auto ist auch bei vielen Dorfpolizisten beliebt. Da müssen sie nicht mehr auf Rädern oder auf Motorrädern schlechtem Wetter trotzen. Zwei Schutzmänner quetschen sich in die Isetta. Die Sitzbank wird durch die nach vorn geöffnete Tür bequem erreicht. Das „Autolein" wiegt knapp 400 kg und misst eine Länge von 2,7 Metern, bei 1,50 m. Breite. Für Verfolgungsfahrten ist es aber nicht geeignet.

„He, was machst du denn da?", stürzt der Isettafahrer auf mich zu und zeigt auf die große Benzinpfütze, die sich mittlerweile um das Kleinstfahrzeug gebildet hat.

Erschrocken reiße ich den Zapfhahn aus dem Tankstutzen des Autos und hänge diesen wieder in die Zapfsäule ein. Die Zapfuhr zeigt einen Preis von 12,19 DM an. Das sind bei einem Literpreis von 57 Pfennigen genau 21,4 Liter Normalbenzin.

„Das zahl´ ich nicht, in den Tank gehen nur 13 Liter rein", erregt sich der Fahrer.

Der Chef ist durch das Brüllen aufmerksam geworden und kommt aus seinem Büro geeilt. *„Dummer Bengel, kannst du nicht aufpassen? Schläft beim Tanken. Geh mir aus den Augen; sofort"*, raunzt er mich an.

Bedröppelt trotte ich von dannen, in die Umkleideräume. Ziehe mich rasch um und fahre mit meinem

96

rostigen Fahrrad nach Hause. Dort angekommen sehe ich eine Rauchsäule in einer Nebenstraße aufsteigen. Es brennt! Schnell laufe ich in die Seitengasse, wo die merkwürdige Familie *Freisen* wohnt. In deren Garten lodern die Flammen auf. Um das Lagerfeuer herum sitzen Jungens aus unserer Siedlung. In der Mitte der Gruppe hockt *Dieter Freisen* und erzählt Abenteuer-geschichten aus seiner Seefahrtszeit. Schnell setze ich mich dazu und lausche gebannt seinen Erzählungen.

„ ... damals in Australien, unsere Crew der Seven-Seas hatte Landurlaub bekommen und den wollten wir zum Baden nutzen. Das war gefährlich. Also wurde der einzige Nicht-schwimmer von uns, in eine Palme gescheucht und musste nach Haien Ausschau halten", trägt Dieter seine span-nende Geschichte vor. Dabei nimmt er einen tiefen Zug aus seiner amerikanischen Zigarette.

„Weiter, erzähl´ weiter", kommt ein Zwischenruf aus der Gruppe, *„Warst du auch in Amerika?"*

„Na was denkst denn du. In Rio, da hab ...", kann Dieter den Satz nicht zu Ende bringen, denn er wird erneut ungeduldig unterbrochen.

„*Ne nicht Brasilien, ich meine doch Amerika, New York!*"

Dieter: „*Du Klappspaten, Amerika ist der Oberbegriff für die Kontinente. Du meinst sicher die Vereinigten Staaten von Amerika, die USA?*"

„*Ja ja. Die USA. Erzähl´ mehr darüber. Sind da alle reich?*"

„*Und ob, jeder fährt ´n dicken Straßenkreuzer. Alles Millionäre, was denkst denn du?*", spöttelt Dieter.

Das hört sich bombig an. Ich möchte später auch Millionär werden und komme ins Träumen. So beschließe ich für mich am verglimmenden Lagerfeuer, ebenfalls zur See zu fahren. Gleich morgen werde ich mich im Hafen erkundigen.

In dieser Zeit wusste in der Runde keiner so recht Bescheid, über das Leben als Lehrling in Deutschland.

Der SPIEGEL schrieb Jahre später:

GESELLSCHAFT / LEHRLINGE: Tiefes Dunkel
Der Lehrling soll „es wissen und fühlen, dass er eben noch zu lernen hat". Der „Begriff des Gehorchenmüssens" soll „erhalten bleiben". Der Lehrling soll sich „treu, fleißig, ehrlich" verhalten, „seinem Meister und andern ihm vorgesetzten Personen ... mit gebührender Achtung und Bescheidenheit" begegnen. Der Lehrling soll sich „eines frommen und sittlichen Lebenswandels ... befleißigen" und sich „des Besuches öffentlicher Schankhäuser ... während seiner Lehrzeit gänzlich enthalten".

Der Lehrling soll einer „straffen Zucht" unterworfen und vor „Phrasen über „Freiheit", geschützt werden, sonst würde er rasch „die zuverlässigste Phalanx der Agitatoren bilden". Gutachter – Professoren und Wirtschaftsführer, Handwerksmeister und Gewerbevereinsfunktionäre – haben solche Maximen in einem Sammelband niedergeschrieben. Das war im Jahre 1875. Seitdem hat sich nicht viel geändert. Fast hundert Jahre später soll der Lehrling zur „Folgsamkeit erzogen werden" und sich „nicht länger als unbedingt notwendig im Bad aufhalten". Er soll sich „vor keiner

Arbeit drücken" und „sich zum Aufsuchen der Toilette" beim Ausbilder ab- und zurückmelden – so stand es noch letztes Jahr beispielsweise in den Lehrlingsvorschriften der Badischen Anilin- und Soda-Fabrik (BASF). Und weiter hieß es da: Der Lehrling soll „den Wert des … Pfennigs schätzenlernen" und „zeitig zu Bett gehen". Er soll „Ordnung beim Stechen" (Stechuhren) wahren und „immer an seine Zukunft denken".

„Ein froher und höflicher Gruß innerhalb und außerhalb des Betriebes" gehörte laut BASF-Ordnung „zu jedem anständigen Lehrling". Hingegen: „Eine Künstlermähne (Beatle-Frisur), gezüchtete Backenhaare oder sogenanntes Philosophenbärtchen sind eines frischen und lebendigen Lehrlings unwürdig."

Noch immer herrschen in Westdeutschlands Lehrbetrieben strikte Hierarchie und materielle Ausbeutung, wie sie die Bildungsprivilegierten an den Gymnasien und Hochschulen niemals erfahren haben. Noch immer dürfen Lehrlinge nicht streiken, Lehrlinge unter 18 Jahren nicht an Wahlen zum Betriebsrat teilnehmen. Ihre Jugendvertreter genießen keinen Kündigungsschutz wie etwa Betriebsratsmitglieder. Noch immer verdienen die meisten Handwerkslehrlinge nur ein Drittel des Hilfsarbeiter-Lohns (100 bis 250 Mark), obgleich sie häufig, spätestens im dritten Lehrjahr, dem Unternehmer so viel einbringen wie Gesellen. „Noch immer ... erfüllt die Lehre in vielen westdeutschen Betrieben", urteilen die Soziologen Werner Lempert und Heinrich Ebel, „ihre herkömmliche Doppelfunktion, wirkt sie zugleich als Werkzeug der Erziehung zum Untertanen und als Waffe des unlauteren Wettbewerbs."

Nicht nur die Arbeitgeber-Ideologie vom würdigen und unwürdigen Lehrling hat überdauert. Überkommen aus Bismarcks Gründerjahren sind auch Eigenheiten und Mängel der Lehrlingsausbildung.

Quelle: DER SPIEGEL, 27. 04. 1970

Unsere Mutter hat keine Vorstellung, wann ich meine erste Seereise antrete. Eines Tages, im Januar 1966, schreibe ich ihr einen Zettel: *„Du brauchst heute nicht mit dem Essen auf mich zu warten."*

Dann fahre ich mit einem geliehenen Seesack im Linienbus zum Hafen. Mit erhobenem Haupt lege ich mein Seefahrtsbuch auf den Tresen im Heuerbüro. Es ist geschafft. Ich bin offiziell ein Seemann. In diesen Zeiten ist der Heuerbass froh über jeden, den er auf die Schiffe kriegt, das weiß ich aber da noch nicht.

„Jungchen, gehe sofort an Bord der TS Bremen. Die liegt am Columbusbahnhof. Auf dem Promenadendeck meldest du dich beim Zahlmeisterbüro. Die erklären dir alles Weitere."

Kopfnickend verlasse ich das Büro und gehe, den schweren Seesack auf dem Rücken, zum *Columbus-Bahnhof.* Abrupt stoppe ich mit weit aufgerissenen Augen. Das soll mein Schiff sein? Nein das ist kein Schiff; ein Riese ist es! Ein Ozeanriese. Die Aufbauten höher als das 10 Meter hohe Werftgebäude und die Masten noch einmal doppelt so hoch. In den Schornstein würde die kleine Werkstatthalle von *Wechtel* hineinpassen. Die *Bremen* misst über 210 Meter Länge und ist fast 30 Meter breit. Eine kleine schwimmende Stadt. Imposant ist sie anzusehen, mit ihren 32.000 Bruttoregistertonnen, wie sie da so an der *Überseekaje* liegt. Nur ein Drittel kleiner als die unglückliche Titanic der White Star Line aus England. Ich bin Liftboy und will endlich etwas von der großen weiten Welt sehen. Das Passagierschiff beeindruckt mich sehr und ich schwöre mir. Hier auf diesem Schiff bleibe ich für immer. Das wird meine *Neue Heimat*.

Wenn er bloß an sein „Elternhaus" denken musste. Er empfand es niemals als sein zu Hause. Seine Großmutter, bei der er von Kindheit an lebte, war erkrankt und konnte sich nicht mehr um ihn kümmern. Daher wohnte er die letzten Monate bei seinen Schwestern und der Mutter. Die Mutter seiner Schwestern - vom Gesetz her auch die seine - ist ihm immer fremd geblieben. Sie hatte ihn zwar manchmal bei seiner Großmutter besucht. Immerhin drei Mal, in 13 Jahren, aber sie blieb und bleibt ihm fremd. Wie froh war er, dem Chaoshaushalt nach den gruseligen 4 Monaten zu entkommen.

Essen war nie da; wie die Mutter. Tagelang wurde sie von den drei Kindern nicht in der Wohnung gesehen. Dann trieb sie sich in Kneipen rum oder lebte nur in ihrem Schlafzimmer. Manchmal kam sie heraus aus ihrer Kemenate. Aber nie, wenn sie einen neuen Freund hatte. Und sie hatte immer einen neuen Freund. Die kleine, zwölf Jahre alte Tochter (*Meine Halbschwester*) durfte das Essen zubereiten, falls etwas da war. Dann musste sie das Zubereitete vor die verschlossene Schlafzimmertür stellen. Nachdem sie klopfte, ertönte von innen der Ruf *„verschwinde"* und die Tür wurde einen Spalt weit geöffnet.

Die Mutter trat dann im Negligé einen halben Schritt aus dem Schlafzimmer heraus und zog das Tablett mit dem Essen in das Zimmer. Nachdem der Schlüssel die Tür wieder von innen versperrte, wurde mit dem Liebsten diniert. Nach der Speisung öffnete sich die Tür erneut einen Spalt und das Tablett mit den Essenresten wurde rausgeschoben. Sodann erschallte der Ruf nach der Tochter durch die Wohnung, die zum Geschirrabwaschen aufgefordert wurde. Großzügigerweise erlaubt es die Mutter, die Reste von den Tellern zu essen. Dann gab sich hinter der verschlossenen Schlafzimmertür wieder hörbar dem Liebes-Spiel hin. Das war nicht die Welt von Knut und sollte es auch nie werden. Weg von da, nur weg. Egal wohin. Hauptsache, so bald als möglich dachte er.

Heute ist mein erster Tag an Bord und der Oberstewardassistent hat mir die Kabine 642 im C-Deck
zugewiesen; eine Passagierkabine. Die liegt im Achterschiff und ist für zwei Personen ausgestattet. An der
oberen Koje, so heißen Betten auf einem Schiff, lehnt
eine kleine Leiter neben dem Kleiderspint. Hellblaue
Paneelwände verkleiden die Schiffswände und die
Deckenleuchte erinnert mich an ein U-Boot aus einem
Kriegsfilm. Die runden Schiffsfenster werden Bullaugen genannt und aus einem schaue ich auf den
nächtlichen Fluss hinaus.

Aus Platznot im Mannschaftswohnbereich darf ich bis
New York erst einmal in dieser Passagierkabine
wohnen. Das gefällt mir. Im Gegensatz zu dem Ver-
schlag zu Hause habe ich hier, auf diesem Luxusschiff,
eine Kabine nur für mich. Der Start meiner Seemanns-
laufbahn beginnt vielversprechend. Nun sitze ich an
diesem kalten Winterabend, es ist Mitte Januar 1966, in
der warmen Schiffskabine und warte freudig erregt auf
die Dinge, die noch auf mich zukommen werden. Die
vielen Lichter und Lampen die unendlich langen
Gänge und Decks, das ist alles sehr aufregend. Dieses
Schiff wird mein Zuhause für die Zukunft werden.

Frisch gestärkte Bettwäsche, dafür sorgen Chinesen in der bordeigenen Wäscherei, laden mich zum Probeliegen ein. Welche Koje soll ich nutzen. Die Wahl fällt mir schwer. Die Untere ist bequemer zu erreichen. Von der Oberen blicke ich dafür direkt aus dem Bullauge aufs Meer. Ich werde täglich umziehen, das wird die Lösung sein.

Der Mond durchbricht den Winterhimmel und das Flusswasser kräuselt sich in seinem Licht. Was wird mich auf der anderen Seite des Atlantiks erwarten? In acht Tagen werden wir in *New York* einlaufen, eine der faszinierendsten Städte Amerikas. Jawohl ich reise nach Amerika.

Was hat er mir nicht alles erzählt über die Länder und die Seefahrt, der Dieter aus der Vorstadtsiedlung, in der ich aufwuchs. Er ist 4 Jahre älter und fährt bereits auf einem Passagierschiff, der *SevenSeas*. Was für ein verheißungsvoller Name - *SevenSeas*! Und tatsächlich befährt das Schiff auch alle sieben Weltmeere, wie er uns immer vorschwärmte. Von Deutschland nach Nordamerika, weiter über Mittelamerika, durch den Panamakanal in den Pazifik nach Ostasien. Von dort durch das indische Meer, den Suezkanal ins Mittelmeer. Dann durch die Meerenge von Gibraltar und der Biskaya durch den Ärmelkanal wieder zurück in den Heimathafen. Über die Route und angelaufenen Häfen zu berichten, würde Bände brauchen. Daher habe ich ihn um seine Erlebnisse beneidet.

Aber vor allem habe ich ihn auch bewundert ob seiner Gewandtheit und Erzählkunst. Und er spricht Englisch, das macht Eindruck. Der Einzige in unserer Zwanzighäusersiedlung, der diese Sprache beherrscht. Außerdem besitzt er einen Amischlitten. Ein grüner Plymouth steht bei seinen Eltern vor dem Gartenzaun. Ein außergewöhnlicher Wagen mit ausladenden Kotflügeln, einem Radio und einem Kofferraum so groß, das mein Onkel sein Goggomobil darin hätte parken können.

Leider darf ich nicht mitfahren; nur mal am Steuer sitzen. Den Dieter hat niemand, soweit ich mich erinnere, mit seinem Straßenkreuzer fahren sehen. Immer parkt das Auto nur vor dem Gartenzaun, direkt an der Straße, sodass es alle Leute erblicken können. Die meisten bestaunten den Amiwagen. Einige lachten, weil es auf vier großen Steinquadern lagerte, denn er hatte keine Räder; von Anfang an nicht.

Trotzdem ist es ein tolles Gefährt; auch wenn es nie fuhr und sein Lack alt und stumpf wurde. Einmal gab es große Aufregung bei uns Jungs in der Siedlung. Das Gerücht ging um, der Plymouth hat Räder bekommen.

Sofort raste ich zur Amischlittenstraße; es stimmte. Der Wagen stand auf eigenen Beinen – auf Rädern. Irgendwie ungewohnt sah es aus, aber die Steinquader waren verschwunden. Dann wartete ich auf Dieter. Er würde mich bestimmt zu einer Spritztour mitnehmen, davon war ich überzeugt. Endlich würde der dicke Amischlitten durch unsere engen Straßen fahren und die Leute werden gaffen. Vor allem die, die immer so blöd gelacht haben, über diesen Klassewagen. Die sind doch nur neidisch, weil sie selbst nur ein Motorrad oder Fahrrad haben.

Da habe ich nun gewartet, aber der Dieter ist nicht gekommen. Der ist längst wieder auf See mit seiner *SevenSeas* und niemand weiß, wer die Räder an den Amiwagen montiert hatte. Diese Begebenheit fiel mir ein, während ich aus dem Bullauge aufs Meer schaue und in der Ferne Amerika zu sehen glaube. Na ja, eigentlich ist es nicht das Meer. Mein Schiff liegt an der Kaje im Hafen. Weit entfernt von New York.

Mittlerweile bin ich erschöpft von diesem aufregenden ersten Tag an Bord. Das Geräusch der grummelnden Hilfsdieselmotoren befördern mich in den Schlaf.

Getrampel auf den Gängen, Menschenstimmen und Türenschlagen wecken mich. Wie spät wird es sein? Acht Uhr dreißig. Verdammt, um acht Uhr ist für mich Dienstbeginn und ich liege noch in der Koje. Weiß nicht einmal, in welchem Deck sich das Office befindet, wo ich mich zu melden habe. Na das fängt schlecht an. Hoffentlich bekomme ich nicht gleich am ersten Tag Ärger mit dem Obersteward, einem Österreicher und strengen Hund, wie mich ein Page warnte.

„Guten Morgen Herr Obersteward. Ich heiße Foerster, bin neuer Page der Touristenklasse und habe mich auf dem Schiff verlaufen", stelle ich mich vor.

„Morgen Foerster. Ich bin der Obersteward Oberhuber und dein Vorgesetzter. Einmal darfst du dich verlaufen, weil du neu an Bord bist. Aber nur einmal, klar? Bis Mittag kannst du das Schiff erkunden. Frage deine Kollegen, sie sollen dir alles zeigen und um eins stehst du hier wieder vor meinem Büro. Du kannst jetzt gehen", sagte er streng zu mir.

110

Oh weh das ist kein gelungener Einstieg. Sofort mache ich mich aus dem Staub, das Schiff zu erkunden. Die Zeit vergeht schnell -- bei all dem Gewusel, der mehr als 500 Passagiere, die hier an Bord sind. Das Gepäck und die Reisenden müssen zu den Kabinen gebracht werden; damit haben die Kabinenstewards alle Hände voll zu tun. Mich teilt ein Oberstewardassistent sogleich zum Kofferschleppen ein und die ersten Münzen klingeln als Trinkgeld in den Hosentaschen. Von meiner dunkelblauen Dienstuniform mit drei Reihen zu zwölf silbernen Knöpfen und einem Käppi auf dem Kopf.

Da stehe ich wie ein kleines Äffchen an der Reling und biete den Passagieren meine Hilfe an. Dabei kenne ich mich selbst nicht auf dem Schiff aus. Aber die Passagiere merken nichts davon, wenn ich sie aus Unwissenheit auf Umwegen über ein falsches Deck zu ihrer Kabine leite. Sie sind dann nur von der Schiffsgröße beeindruckt.

Für jeden Koffer bekomme ich oft einen Quarter Dollar, das ist nach damaligem Kurs etwa eine Mark. Die deutschen Passagiere sind nicht so spendabel und rücken, wenn überhaupt, nur Messingmünzen raus. Ein viertel Dollar ist viel, wenn ich bedenke, dass meine ehemaligen Schulkameraden von ihren Lehr-herren zwischen 50 und 80 Mark im Monat gezahlt bekommen. Mit dem Kofferschleppen mache ich leicht an einem Tag 50 Mark oder mehr. Das ist schon eine willkommene Zusatzeinnahme.

Jedes Mal, wenn ich die Gangway hinuntergehe, um Koffer von Land zu holen, sehe ich den Zuschauer-balkon an der Pier, der sich mit immer mehr Menschen füllt. Es wird gewunken, gerufen und gelacht. Viele haben bunte Luftballons und Luftschlangen dabei. Karneval und Silvester ist nichts dagegen. Nur die Knaller und Raketen fehlen. Einige Besucher halten Bettlaken in die Höhe. Auf die haben sie mit großen Buchstaben Grüße geschrieben. Jetzt wird mir klar; wer die zahlreichen Zuschauer sind. Angehörige und Freunde der Besatzungsmitglieder. Immerhin arbeiten fast 600 Personen auf der *Bremen*.

Die winkenden Passagiere an Bord hingegen, kommen aus verschiedenen Regionen Europas und es sind nur wenige ihrer Angehörigen zu ihrer Verabschiedung gekommen. Es sind die Freunde und Familienmitglie-der der Besatzung, die das Spektakel an Land ver-anstalten. Menschen rufen sich über die 20 Meter Entfernung einiges zu und scherzen. Andere singen unbekümmert Seemannslieder. Diese Atmosphäre, entsteht immer dann, so Arbeitskollege Hubert, wenn die *Bremen* im Winter zu den Kreuzfahrten in die Karibik ablegt. Das Schiff kommt erst nach einem viertel Jahr wieder in den Heimathafen. Deshalb dieser überschwengliche Abschiedsbahnhof.

Auch Hubert und ein weiterer Page namens Tom winken jetzt in Richtung Zuschauerbalustrade, wo sie ihre Eltern in der Menge entdecken. Diese ausgelassene Stimmung ist ansteckend und so winke ich auch. Aber wem denn? Wer ist gekommen, um mich zu verabschieden? Meine Mutter habe ich zuletzt vor zwei Tagen gesprochen, als sie fragte, ob ich den Ziehschein im Reedereibüro veranlasst habe. Ihr war meine Heuer sehr wichtig.

„Mit dem Ziehschein hat es Folgendes auf sich. Der Seemann unterschreibt ein Formular der Reederei. Sobald sein Schiff den Hafen verlassen hat, kann die begünstigte Person einen Vorschuss auf die Heuer verlangen. Aber wie gesagt, erst nach Auslaufen des Schiffes aus dem Hafen. Denn nur so ist gesichert, dass kein Mannschaftsmitglied nach Aus-

zahlung des Vorschusses, das Schiff vorzeitig wieder ver-
lässt. Hast du verstanden Bongo?", fragt mich Hubert.

Dieses weiß meine Mutter sicherlich und wartet vermutlich im Reedereibüro auf die Durchsage, das die
Bremen ablegt und sie dann einen Vorschuss auf meine
Heuer bekommt. Bestimmt ist sie dort, an der Kaje ist
sie jedenfalls nicht.

"Wo sind denn deine Eltern?", fragt Hubert, als er mich
nur zögerlich winken sieht.

"Dort oben da stehen sie. Ich werde ein Deck höher gehen.
Da kann ich sie besser sehen", lüge ich und steige hastig
die Stufen zum Schornsteindeck hinauf.

Schon legt der Ozeanliner, von Schleppern gezogen,
ab. In Richtung Amerika. Das Blasorchester an der Pier
spielt das Abschiedslied *"Muss i denn zum Städele*
hinaus". Wie damals vor über zehn Jahren, als mein
Vater mit meinen Brüdern auswanderte. Zu meinem
Abschied ist aber niemand gekommen und winkt mir
zu. Mich überfällt eine große Traurigkeit und mein
Blick verliert sich in der Ferne.

Da lässt mich dröhnender Lärm zusammenfahren. Das Schiffstyphon im Schornstein, direkt neben meinem Standplatz, verabschiedet das Schiff mit drei lang gezogenen Grüßen von seinem Heimathafen. Und nun weiß ich auch, warum ich die einzige Person auf dem Schornsteindeck bin. Die Ohren zuhaltend renne ich den Treppenniedergang zu meiner Kabine. Ich werfe mich auf die Koje und bemerke, dass der Schiffsrumpf zittert und stampft. Aha, es geht los. Schwerfällig bewegt sich der Koloss von der Pier. Am Achterschiff schieben zwei kräftige Hafenschlepper den Ozeanriesen in das Fahrwasser.

Viele Menschen stehen immer noch winkend und rufend an der Pier. Manche verdrücken eine Träne. Der Abschied ist zwar nicht für ewig, wie damals bei meinem Vater, aber ein paar Monate dauert es schon bis zum Wiedersehen. Die meisten Passagiere hingegen verlassen Europa; sind auf der Rückreise in Ihre Heimat, die USA. Ich werde auch bald dort sein. In acht Tagen; wenn nichts dazwischen kommt.

Ich beende meine Erzählung, da die Aufmerksamkeit von Wilma nachlässt. Sie wirkt müde und ich verabschiede mich von ihr.

Ein halbes Jahr später höre ich von ihren Nachbarn, dass sie in eine Klinik eingeliefert wurde. Besorgt mache ich mich am nächsten Tag auf den Weg und besuche sie in dem Krankenhaus.

„Guten Tag Wilma. Das ist aber eine böse Überraschung, dich hier in einer Klinik zu sehen."

„Hallo Knut. Schön das du mich besuchst", kommt ihre Antwort mit flüsternder Stimme.

„Dir geht es gar nicht gut. Das merke ich. Kann ich etwas für dich tun?", frage ich sie und versuche dabei hoffnungsvoll auszusehen.

„Ja Knut das könntest du. Der Wutzi ist bei meinem Nachbarn. Dem Herrn Kaiser; den kennst du ja. Er hat Verdauungsstörungen. Vielleicht magst du mal heute Nachmittag mit ihm Gassi gehen und genau beobachten, ob er auch ein richtiges Gitti macht."

„Herr Kaiser hat Verdauungsstörungen?", staune ich.

Der Hauch eines Lächelns überzieht Ursulas schmerz-gezeichnete Gesicht: *„Knut, sei nicht albern. Natürlich spreche ich von Wutzi, meinem Hund!"*

Ich grinse und verspreche ihr, dass ich mich nachher um den Mittelschnauzer kümmern werde. Nun erst ist sie zufrieden und klärt mich über ihren Gesundheits-zustand auf, den sie scheinbar für weniger wichtig hält, als die Verdauungsstörung ihres Hundes.

Wilma leidet unter dem Hodgkin-Lymphom -- Krebs in den Lymphknoten. Ich versuche, mir mein Erschre-cken nicht ansehen zu lassen. Ich verabschiede mich mit dem nochmaligen Versprechen, mich heute noch um den Hund und seine Verdauung zu kümmern.

Verlaufsprotokoll eines Gassi mit dem Hund Wutzi.

Datum: Irgendwann

Ort: Stadtpark

Beginn: 15:02 Uhr
Ende: 16:15 Uhr

Teilnehmer: Knut (*Mensch*)   Pupsi * (*Hund*)

Anlass für das Gassi-Verlaufsprotokoll:

<u>Anmerkung:</u>
Eindringliche Bitte von Wilma, den Hund genauestens
bei seinem Geschäft zu beobachten. Sie befürchtet, dass
der Mittelschnauzer unter einer Diarrhö leidet.

15:02   Mensch und Hund starten am Parkeingang.

15:03   wenige Meter gelaufen (*Beide*).

15:04   er (*Mittelschnauzer*) hebt das linke Bein und
         uriniert an Eiche.

15:05	anschließendes herumschnüffeln. Mensch steht unschlüssig herum. Dann beide weiter
15::07	Gang durch naheliegendes Gebüsch *(Beide)*.
15:13	Mittelschnauzer macht Entdeckung.
15:14	Mensch will Fundsache begutachten. Streckt suchend die Hand aus.
15:15	Mensch bindet sich ein Taschentuch um den blutenden Finger.
15:20	Mittelschnauzer verschlingt einen zweiten Fund *(Stinkender Fasanenknochen)*.
15:26	an Birke uriniert *(Hund)*.
15:35	Ankunft an plätscherndem Bach. An Weide uriniert *(Mensch)*.
15:40	Beide trotten weiter zu einer Lichtung, er geht in Hockstellung *(Hund)*. Rücken leicht gekrümmt, Augenlider halb geschlossen.

Stummelschwanz pumpt rhythmisch auf und ab.

15:42   Entleerung wird mit Seufzern (*Hund und Mensch*) abgeschlossen. Mensch nähert sich, nach allen Seiten absichernd, dem Austrag.

15:43   Begutachtung der Hinterlassenschaft mit nachfolgender Protokollniederschrift:

Gewicht: ca. 150 Gramm

Farbton: zementgrau

Konsistenz: flüssig bis mittelfest

Geruch: bemerkbar

Gustative Wahrnehmung: nicht durchgeführt

15:50   beide weiter...

120

auf dem Rückweg werden 3 Bäume
eruiert und veruriniert (*Hund*).

16:15   Ankunft im Haus. Waschen des Hundes in
der Waschküche. Man trennt sich wortlos.

Nachtrag:
Seinerzeit war es noch nicht üblich, die Hinternlassenschaft von Hunden in Tüten aufzunehmen.

*Aufgrund des Datenschutzes wurde der Name
geändert

gez. Knut F.

Protokoll per Post an Patientin Wilma L.

Eine Woche später ruft Wilma mich mit kräftiger Stimme an: *„Knut, über dein Wutziprotokoll habe ich mich sehr amüsiert. Wenn du mich besuchen möchtest, komm´ doch morgen nach Mittag vorbei. Mit dem Hund ist wieder alles in Ordnung und mir geht es auch besser."*

Am nächsten Tag stehe ich wieder vor ihr - mittlerweile auf einer normalen Krankenstation.

Sie dankt mir nochmals überschwänglich und bittet, mich meine beim letzten Besuch abgebrochene Geschichte erneut aufzunehmen. Gerne komme ich ihrem Wunsch nach und hoffe, sie wieder ein wenig aufmuntern zu können.

„Also Wilma. Ich erzählte dir beim letzten Besuch von meinem 1. Tag auf See."

Das Schiff befindet sich im englischen Kanal; etwa vor *Dover*. Ich stehe vor einem zwei Meter hohen Müllberg auf dem Achterdeck. Leere Bierflaschen, Kartons, Lebensmittelreste und jede Menge Plastikmüll. Das Ganze hat ein Volumen von mindestens 10 m³. In diesem Moment kommen zwei Matrosen mit dicken Lederhandschuhen an den Händen und werfen alles -

über Bord! Ich bin entsetzt. Den Abfall ins Meer, den Briten vor die Haustür kippen.

Ein Matrose, den ich wage anzusprechen, knurrt mich nur an: *„Jahrelang wird das gemacht, oder möchtest du den Dreck mit zu dir nach Hause nehmen?"*

Erschrocken weiche ich vor dem Angebot und dem weiteren Aufenthalt auf dem Achterdeck zurück. Selbst der frische Seewind kann gegen diesen Müllgestank auf dem Deck nichts ausrichten. Da ist mir dann die Klimaanlage in meiner Kabine schon lieber. Eine Durchsage über das Bordmikrofon lässt mich aufhorchen.

„Page Foerster sofort in das Oberstewardoffice kommen."

Eine wenig freundliche Einladung. Da werde ich mich mal schnell auf den Weg machen. Das Labyrinth der Treppenhäuser und Fahrstühle muss ich mir unbedingt einprägen. Sonst komme ich wieder mal zu spät.

„Page Foerster meldet sich zum Nachmittagsdienst", stehe ich stramm neben meinen 5 Arbeitskollegen vor dem Office.

„Na Foerster -- wieder mal verlaufen?", höre ich die Stimme von unserem Obersteward. Das ist der mit den zwei silbernen Ärmelstreifen an seiner dunkelblauen Dienstjacke. Die Assistenten haben nur einen Streifen und sind daher seine Untergebenen.

„Jawohl, Herr Oberhuber, verlaufen."

Ich mag ihn vom ersten Augenblick nicht, aber Respekt habe ich vor ihm. Wenn er nonchalance über das Promenadendeck stolziert und die weiblichen Passagiere in den Deckstühlen jovial grüßt. Das hat was. Das gefällt vielen Damen. Wie ein Mann von Welt kommt er daher. Und er verliert nie die Fasson. Schildern mir die Kollegen unseren Chef. Dass er unerschrocken ist, sollte ich in wenigen Tagen in einer brenzligen Situation erleben. Aber zu diesem Zeitpunkt bin ich noch unbeschwert und freudig erregt über alles Neue. Und es gibt jede Menge Neues zu entdecken - auf dem größten Passagierschiff Deutschlands.

Abends arbeite ich mit einem Obersteward-Assi. Eine BINGO-Veranstaltung für die Passagiere in der Verandabar. Meine Aufgabe ist es, den Drahtkorb mit den mit Zahlen versehenen Tischtennisbällchen zu füllen und dann mit der seitlich angebrachten Kurbel zu mischen. Der Assi, Herr Brüchner gibt mir sodann ein Stoppzeichen und öffnet das kleine Türchen an dem Drahtkorb. Er greift in den Korb hinein und entnimmt ihm ein Bällchen. Dabei wendet er seinen schirmbemützten Kopf leicht zur Seite, was den Eindruck bei den Gästen erweckt, er sieht aufs Meer hinaus. Dabei bedeckt er gleichzeitig die müden Augen mit seiner faltigen rechten Hand. Alles muss streng neutral und fair sein bei dem BINGO-Spiel bläut er es jedem ein, der ihm assistiert. Ich schrecke auf. Die englische Ansage der gezogenen Zahl wird vom Mikrofon, welches der Assi Brüchner krampfhaft festhält, in jeden Lautsprecher der vier Winkel der Verandabar übertragen.

„Ent ander sä Bi, teventieschrie; teventieschrie."

Mir klappt die Kinnlade herunter. Das soll Englisch sein? Passagiere schauen sich hilflos um. Wenige scheinen die Ansage verstanden zu haben. Ich überlege, ob ich Herrn B. raten soll, die Zahlen nochmals durchzusagen. In diesem Moment wird unser Schiff von einer riesigen Welle gepackt. Wir geraten derart in Schieflage, dass die Tischtennisbälle aus dem offenstehenden

BINGO-Drahtkorb fliehen und sich hüpfend in der gesamten Verandabar verteilen. Shit ich habe vergessen, das Türchen zu schließen. Unser Schiff legt sich in die Seitenlage. Ich werde haltlos und befürchte, der Länge nach hinzuschlagen.

Wild in der Luft umherrudernd findet eine Hand die Kurbel des BINGO-Gerätes und packt fest zu. Augenblicklich poltert der komplette Drahtkorb vom Sideboard und unternimmt mit mir eine Rutschpartie quer durch den Saal. Unser Schiff findet unterdessen in die stabile Grundposition zurück. Nun liege ich in meiner vormals adretten Uniform, den Bingo-Korb unterm Arm, direkt vor den Füßen des Oberstewardassistenten Hero Brüchner. Noch nie habe ich ein solches hochrote Gesicht gesehen. Unverzüglich befreit er mich - von der weiteren Teilnahme an der Veranstaltung. Am nächsten Morgen darf ich zur „Belohnung" das Oberstewardoffice fegen und wischen.

Nun bin ich ein richtiger Seemann und den 4. Tag auf See. Ich lache, wenn die Passagiere die Höhe der Wellen bestaunen, und erkläre ihnen dann fachmännisch, dass dies noch gar nichts sei. Obwohl sich mir manchmal der Magen umdreht, wenn der Dampfer stärker überholt. Dann knarren auch die Treppenhäuser vernehmlich.

Im Verlaufe des Tages wird der Seegang immer heftiger. Die meisten Passagiere bleiben in ihren Kabinen und die Abendveranstaltungen werden vom Kapitän abgesagt. Prima, da haben wir Pagen unverhofft frei. Leider kann ich die freie Zeit nicht für mich nutzen, da ich seekrank in meiner Koje liege. Speiübel ist mir und an Schlafen ist bei dem Rollen und Stampfen des Schiffes nicht zu denken.

Dabei ist die *Bremen* mit 32.000 Bruttoregistertonnen ein großes Schiff und misst mit seinen sieben Decks über 20 Meter von der Wasserlinie bis zum Schornsteindeck. Eine kleine Stadt mit 1.200 Passagiere und 600 Besatzungsmitgliedern. Wie kann ein solches Riesenschiff nur so schaukeln? Ich bin irritiert und froh, dass der Sturm nicht stärker wird. Wie ich mich da täuschen sollte. Es ist nur ein laues Lüftchen bisher, was mir da schon Sorgen und eine Magenverstimmung bereitet. Doch was in ein paar Stunden mit unserem Schiff geschieht, ist unglaublich.

Es stampft und schlingert wie ein todgeweihter Wal. Es wirft sich herum, bäumt sich auf, um dann mit einem dumpfen Krachen in die aufgewühlte See zurückzufallen. Dabei zittert der Schiffsleib beim Eintauchen und schüttelt sich wie ein waidwundes Großwild in Todesangst. Ich bekomme Panik und wünsche mich an Land. Lieber läge ich jetzt unter einer BMW-Isetta und würde einen Ölwechsel vornehmen müssen. Warum verdammt noch mal, bin ich auf diesem Schiff. Wäre ich bloß nicht Seemann geworden.

In dem Kabinengang suche ich nach einem Ausgang zu den offenen Decks. Da überkommt mich ein weiteres Würgegefühl und Bohnensuppe verlässt in hohem Bogen meinen Magen. Alles direkt vor die Passagierkabine 312. Ich schaue mich um und wische mir mit dem Ärmel über den Mund. Niemand ist zu sehen. Schnell zurück in die Mannschaftsdecks hinunter. Noch mal Glück gehabt.

Beim Abendbrot sitze ich mit einem Arbeitskollegen in der Mannschaftsmesse. Da höre ich den Dialog zweier Kabinenstewards am Nebentisch.

„Da hat mir doch so´ n Schwein direkt vor eine Kabine gekotzt. Wehe, wenn ich den erwische!"

„Na und dann? Passagiere sind unantastbar. Dem kannst du doch nicht ans Bein pinkeln, der beschwert sich höchstens beim Obersteward."

„Nichts da, Passagier. Das war einer von der Mannschaft. Ich sage nur - Bohnensuppe!"

„Was?, so ´n Sau. Und einfach abgehauen ist der?"

Ich habe genug gehört und wende mich wieder meinem Kollegen zu. In diesem Moment holt unser Dampfer erneut heftig über und ich muss eiligst aus der Messe raus. Bloß nicht auffallen, die Kabinenstewards glotzen mir bereits hinterher.

Ich wanke zu meiner Kabine und lass mich angezogen in die Koje fallen. Warum bin ich nur hier, wo sich alles dreht und schaukelt. Oh Gott, mir ist speiübel und schwindelig. Soll der olle Dampfer doch absaufen.

Selbst das ist mir mittlerweile egal. Hauptsache, das Schaukeln hat ein Ende. Und wieder holt das Schiff ein weiteres Mal über und dreht sich dabei um die Mittelachse. Jetzt saufen wir ab, ist mein erster Gedanke und ich klammere mich an den eisernen Rahmen des Bettgestells. Ein großer Strahl Pfefferminztee, vermischt mit halbverdautem Leberwurstbrot, ergießt sich in mein Bettzeug. Egal. Kissen drüber und fertig. Immer wenn ich mich übergeben muss, geht es mir hinterher für ein paar Minuten besser. Ich will die Zeit zum Einschlafen nutzen. Außerdem werde ich dann nicht mitbekommen, wenn wir untergehen.

Nachdem ich vor Erschöpfung in meinem Erbrochenen bis morgens früh um 6 Uhr, tief und fest geschlafen habe, stelle ich fest -- unser Schiff ist nicht abgesoffen. Es hat aber seine Bewegungen geändert. Es rollt nicht mehr zur Seite, sondern stampft frontal gegen die hohe See an. Der Kapitän muss den Kurs geändert haben. Oder der Orkan hat gedreht und kommt nun von vorne. Wie auch immer. Es geht mir etwas besser und ich erscheine, bettlakenblass, bei unserem Office und melde mich zum Dienst.

Mein Kollege Hubert flüstert mir zu: *„Bongo hast du schon den Tütendurchblick?"*

Ich schaue Hubert an: *„Hä?"*

Er schleppt mich zu einem Passagierdeck und hängt eine mitgebrachte Kotztüte an den Handläufer vor einer Kabine.

„Jetzt warten wir hier einen Augenblick in der Pantry, damit uns niemand sieht", befiehlt er mir.

Unser Schiff holt mal wieder stark über. Sekunden später wird eine Kabinentür aufgerissen und ein Männerarm greift suchend nach einer Tüte, die zusammengefaltet an dem Handläufer aufgereiht sind. Der Mann schnappt sich die erstbeste. Es ist die präparierte Tüte von Hubert. Der Passagier faltet sie hastig auf und erleichtert sich um sein Frühstück. Bei dem Vorgang sieht er seine teuren Lackschuhe durch die bodenlose Tüte. Doch für ein Innehalten ist es zu spät. Und so kommt, was kommen muss. Alles. Mir wird vom Zusehen ebenfalls übel und ich renne zu den offenen Decks hoch. Nachdem auch ich mich erleichtert habe, schleiche ich erneut zu unserem Office.

Der Oberstewardassistent sieht mich prüfend an: *„Wirds denn gehen Foerster?"*

„Ja, Herr Penz. Ich bin so weit wieder OK."

„Prima, dann gehe zur Passagierkabine 404, im B-Deck. Der Mr. Madison hat einen Wunsch. Konnte ihn nicht genau verstehen was er wollte. Sollte irgendetwas in der Kabine fehlen, kläre das. Du sprichst doch Englisch, oder?"

„Sure Sir", erwidere ich und nehme Haltung an.

Oberstewardassi Penz grinst und schickt mich los. An der besagten Kabinentür klopfe ich vernehmlich und Mister Madison steht vor mir.

„Nice to see you. I 'll need some Canapés, please."

„No Problem for me, Mister Madison. I will arranged in few minutes", gebe ich lässig zurück und mache auf dem Absatz kehrt.

Meinen Arbeitskollegen Hubert treffe ich im Treppenhaus des Vorschiffs. Ich bitte ihn, mir beim Tragen eines Sofas zu helfen.

„`n Sofa, Bongo?", schaut er mich zweifelnd an.

„Ja, ein Sofa. Order vom Penz im Büro, frag ihn doch."

„Nee, mit dem kann ich nicht so gut. Wenn er es sagt, wird es wohl stimmen. Hat er dir auch gesagt, wo wir es abholen sollen?"

„Nein."

„Der einzige der Möbel lagert und all solch´ Zeug, is der Zimmermann. Dem seine Tischlerei liegt im Vorpik, gleich neben dem Friedhof."

„Friedhof?"

„Mensch Bongo sei nicht naiv. Hast du nicht die alten Knochen gesehen, die teilweise bei uns mitfahren? Da sind einige davon schon scheintot. Bei den Überfahrten haben wir manchmal den einen oder anderen Passagier, der auf See den Löffel abgibt. Den müssen wir dann kühl lagern; bis New York. Meistens rafft es die vor Aufregung hin, oder der hohe Seegang schmeißt sie um."

„Hör auf damit. Das ist ja despektierlich, wie du über unsere Passagiere redest."

Und, wie zur Bestätigung von Huberts Worten, macht unser Dampfer einen Seitwärtsausfall und ich liege lang hingestreckt auf dem Deck. Ich rappele mich wieder auf und gehe mit dem schadenfroh lachenden Kollegen zur Schiffszimmermannswerkstatt.

„Jungs, was für ein Blödsinn. Ein Sofa für einen Passagier. Solch eine Anfrage habe ich in meiner langjährigen Seefahrerei noch nie gehabt. Obwohl -- verrückt genug sind die Amis ja. Was sagst du, wer hat Dir den Auftrag gegeben?"

„Na, der Herr Penz aus dem Oberstewardbüro", gebe ich trotzig zurück.

„Nun denn. Er wird wissen, was er anordnet. Dort drüben steht noch ein 3´er Sofa, das grüne Ding da. Das könnt ihr gerne mitnehmen. Ich brauche aber noch den Auftragsschein von eurem Herrn Penz!"

„Klar Chef, bringen wir nachher vorbei", gibt sich Hubert locker und schleppt mit mir ächzend das grüne unhandliche Sofa durch die engen Schiffsdecks.

Nach einer halben Stunde sind wir erschöpft bei der Kabine angekommen. Mister Madison ist erstaunt über das Sitzmöbel und fragt Hubert: „*You dont have any Canapes?*"

„*Bongo du Idiot. Canapes sind kleine belegte Schnittchen. Das is was zum Essen! Doch kein Sofa! Wo hast du nur Englisch gelernt?*"

Der Tag ist wieder mal für mich gelaufen. Doch es sollte noch schlimmer kommen.

Der Sturm hat erheblich zugelegt und ist zum Orkan mutiert. Unser Ozeanriese stolpert durch die aufgewühlte See und hüpft wie ein Kronkorken auf dem Atlantischen Ozean. Zur Abwechslung wird an Bord jeden Tag eine Etmalwette veranstaltet. Diesmal gibt es keinen Gewinner, weil die Wette ausfällt. Die Passagiere wetteten in den vorigen Tagen auf die Entfernung, die das Schiff in den darauffolgenden 24 Stunden zurücklegen würde. Wer der tatsächlichen Strecke am nächsten kommt, gewinnt den Jackpot - oftmals bis zu 30 US-Dollar - damals ca 120 DM.

Das Turbinenschiff (*TS*) *Bremen* legt unter normalen Wetterbedingungen um die 500 Seemeilen in 24 Std. zurück (*24 Stunden X 21 Knoten Schiffsgeschwindigkeit*). Doch dieses Mal ist alles anders. Die Schiffsturbinen laufen zwar auf Höchstleistung, aber das Schiff muss gegen 15 Meter hohe Wellen ankämpfen. In den letzten 24 Stunden ist es praktisch nicht von der Stelle gekommen. Lediglich 5 Seemeilen (ca. 8 km) wurden zurückgelegt! Die See ist dermaßen unruhig geworden, dass der Speisesaalbetrieb eingestellt wird und zur Sicherheit der Passagiere auf den Decks Seile von den Matrosen gespannt werden. Langsam bekommt Knut es mit der Angst zu tun. Nicht nur die meisten Offiziere laufen mit ernsten Gesichtern herum.

Der neunmalkluge Kollege Jan hat nichts Besseres zu tun, als Knut mit seiner Panikmache zusätzlich zu beunruhigen: *„Bongo, wenn jetzt die Maschinen ausfallen, sind wir im Arsch! Die Michelangelo, auch so ein großer Pott wie unser, kommt gerade aus dem Tief in das wir jetzt hineinrauschen. Der italienische Kapitän meldete etliche Verletzte und zwei Tote über Seefunk. Hab´ ich vorhin auf der Brücke aufgeschna ...“*

Knut will gerade das Geschwätz von dem Kollegen mutig weggrinsen, als er sie sieht. Die riesige, bestimmt 20 Meter hohe Wasserwand. Sie bewegt sich auf das Schiff zu. Starr vor Angst klammerte er sich an den Handläufer vor den Fenstern des Promenadendecks. Dann hat die Monsterwelle die *Bremen* erreicht und wie ein Spielzeug angehoben. Das Schiff legt sich immer weiter auf die Seite, während die Welle unter dem Schiff durchläuft. Jan starrt verblüfft auf die Deckstühle, die man vergessen hat festzuzurren. Die rutschen nun den Pagen entgegen. Die *Bremen* legt sich derweil immer weiter auf die Steuerbordseite (*In Fahrtrichtung rechts*).

Da ist bereits die nächste Riesenwelle im Anmarsch. Der so genannte „tote Punkt", wo sich das Schiff aus der Schräglage wieder aufrichtet, ist aber immer noch nicht erreicht. Im Gegenteil. Inzwischen befindet sich das Promenadendeck auf selber Höhe wie das tosende Meer. Es heult und gurgelte dort draußen, als will der Ozean das um sein Überleben kämpfende Passagierschiff verschlingen. Knut stammelt ein Gebet im Angesicht seines nahen Endes. Kollege Jan ist in einer Ansammlung zerborstener Deckstühle gelandet und jammert nach seiner Mutter. Da erscheint Obersteward Oberhuber, wie immer in tadelloser Uniform. Nur seine Mütze sitzt schief auf seinem fast haarlosen Charakterkopf: *„Jungs, festhalten!"*, ruft er ihnen zu und sucht dabei selbst nach einem Halt.

Schon schüttelt die 2. Monsterwelle das Schiff durch und die Mütze vom Oberhuber segelte in die Deckstuhlecke. Er bleibt selbst in dieser lebensbedrohlichen Situation ohne Panik und Aufregung. So cool möchte Knut mal werden. Wie in Zeitlupe - langsam richtet sich das Schiff wieder auf. Das hereingelaufene Meerwasser sucht sich unterdessen, über die *Speigatts (Brotbrettchengroße Öffnungen in der Bordwand des Prome-*

nadendecks – in Fußhöhe) den Rückweg in die aufgewühlte See.

Danke Gott danke. Das war haarscharf am Sensen-
mann vorbei, denke ich bei mir. Ich gelobe, sollte ich
jemals wieder festen Boden unter den Füßen haben,
sofort die nächste Kirche aufzusuchen.

Monsterwellen werden seltener - aber extremer.
Kaventsmänner galten lange als Seemannsgarn. Doch die riesigen Ausnahmewellen treten tatsächlich auf - und sie werden höher, wie eine lange Messreihe nahelegt.

Von Daniel Lingenhöhl: Riesenwelle.
Am Neujahrstag 1995 tobte ein heftiger Sturm im Umfeld der *Draupner-Ölbohrplattform* im Atlantik und türmte riesige Wellen auf. Ein besonders mächtiges Exemplar schlug schließlich gegen die Stützpfeiler der Konstruktion und lieferte mit einer Höhe von bis zu 25 Metern den ersten Beleg für die Existenz so genannter Kaventsmänner: die von Seefahrern gefürchteten Monsterwellen. Ein Messinstrument vor Ort zeichnete die Wasserwand exakt auf.

Lange galten diese Riesenwellen als Seemannsgarn, doch können sie tatsächlich Schiffe versenken. Unter anderem der Nordatlantik und der Pazifik vor der nordamerikanischen Küste gelten als Zentren für Monsterwellen, vor allem wenn starke Winterstürme die Wogen toben lassen.

Quelle: www.spektrum.de/news/monsterwellen
140

Der Abend bringt die lang ersehnte Entspannung beim Wetter. Aus dem Orkan mit Windstärken über 12, ist ein Stürmchen mit Stärke 8 geworden. Die Wellen werden niedriger und machen mir keine Angst mehr. Auf den Decks sehe ich wieder entspannte fröhliche Menschen; nicht nur unter den Passagieren. Tage später erfahre ich, dass die Monsterwelle unserem Schiff eine Schlagseite von 28 Grad beschert hatte. Ab 30 Grad hätte sich die *Bremen* nicht mehr aufrichten können und wäre mit großer Wahrscheinlichkeit gekentert.

Ich stehe auf dem Achterdeck und bibbere der Ankunft in Amerika entgegen. Morgens um 6 Uhr ist es im Januar in New York sehr kalt. Ich erkenne zuerst die Freiheitsstatue, dann die Wolkenkratzer in Manhattan. Wir gleiten den *Hudsonriver* hinauf zur Pier 88. Da wartet unser Liegeplatz. Nicht sattsehen kann ich mich an der Kulisse. Doch mein Dienst ruft. Es sind die Passagiere auszuchecken und die neu Ankommenden für die Karibikkreuzfahrt einzuchecken; viel Arbeit für uns alle. Da wird jede Hand gebraucht.

Auf dem Promenadendeck kommen mir zwei Männer mit einem Fotoapparat entgegen. Sie sehen mich und stürzen auf mich zu. Auf Ihren Namensschildchen steht New York Times. Die Reporter wollen von mir wissen, wie ich den Orkan erlebt habe.

Ich stelle mich breitbeinig vor Ihnen hin und gebe eine Stange an: *„No Angst, alles OK"*.

Sie machen zwei Fotos von mir und verschwinden so schnell, wie sie aufgetaucht waren. Nun bin ich in AMERIKA und schon berühmt -- toll!

Wir Pagen sitzen in unserer 6-Mann-Kabine und schmieden Pläne, was wir Morgen Vormittag in der Freizeit in New York anstellen wollen. Da zieht Hubert sich seine Jacke an und fragt in die Runde, wer mit zum Broadway kommt. Er will sich ein neues Tambourin kaufen.

„Es ist bereits zweiundzwanzig Uhr, da haben doch die Geschäfte schon zu. Außerdem dürfen wir nicht mehr an Land gehen. Wir sind noch nicht volljährig", (1966 erst mit 21 Jahren) werfe ich ein.

„Bongo, du bist ein Schisser. Bleib besser hier. Und am Broadway is nie was zu, du Träumer", lacht Hubert.

142

Ich ärgere mich über meine vorlaute Art und sage mit fester Stimme: „OK, ich komme mit, zum Brotwech."

Alle Anwesenden lachen und Hubert stimmt zu. Er geht mit mir zum 1. Klasse-Deck und schiebt eine Panoramascheibe hoch. Ich schaue hinaus und sehe darunter die Dachplane der Mannschftsgangway.

„Pst, leise, sonst hört Dich der wachhabende Matrose, der die rausgehenden und ankommenden Besatzungsmitglieder kontrolliert. Der steht jetzt genau unter uns, kann uns aber wegen der Plane über der Gangway nicht sehen. Da müssen wir nun raufklettern und auf der festgezurrten Plane vorsichtig bis nach vorne balancieren. Pass bloß auf, dass du nicht in das Hafenbecken fällst."

Ich schlucke einmal und klettere dann entschlossen durch das Fenster auf das Planendach der Gangway. Von unten kann ich leises Gemurmel vernehmen. Bis zur Wasseroberfläche sind es 10 Meter. Das Wasser ist sicherlich lausig kalt im Januar und mir fällt siedend heiß ein, dass ich nicht schwimmen kann. Langsam robbe ich bis zu der Stelle, an der die Gangway an Land aufliegt. Ich lasse mich seitlich hinuntergleiten und stehe neben Hubert. Der Matrose hat uns nicht bemerkt und wir rennen die Pier entlang bis zur nächsten Avenue.

„So Bongo, jetzt sind es nur noch wenige Meter bis zum Broadway."

Ich bleibe wie angewachsen stehen. Riesige Hochhäuser türmen sich vor mir auf. Ich muss den Kopf weit in den Nacken legen und erkenne kaum die Häuserspitzen. Der Broadway - ein einziges Lichtermeer. An einer Gebäudewand stößt ein riesiges, 10 x 10 Meter großes Bügeleisen aus Kunststoff in Intervallen schneeweißen Dampf aus.

Reklame, Reklame und noch mal Reklame. Überall wo ich hinschaue. Dabei zischt und pfeift es in einer Tour. An jedem Eingang der Geschäfte hängt ein Lautsprecher, welcher die Werbedurchsagen mit permanenter Musikberieselung untermalt. Mir wird von all' dem schwindelig und ich weiß nicht, was ich zuerst anschauen soll. Hubert übertreibt nicht. Kein Geschäft ist geschlossen. Ich sehe nicht einmal feste Türen in den Läden. Nur Scherengitter, die zum Saubermachen für eine Stunde zugezogen werden. Es bietet sich eine wahre Konsumorgie an, in dieser Prachtstraße, dem

144

Broadway. Hubert kauft sich ein Tambourin. Danach essen wir jeder einen heißen Hund (*Hotdog*) und laufen wieder zurück zum Schiff. An der Gangway fragt uns der Matrose, wo wir um diese Zeit herkommen. Statt einer Antwort steckt ihm Hubert einen Dollarschein in die Hosentasche.

Am nächsten Tag nachmittags legen wir vom Pier ab und verlassen New York mit neuen Passagieren in Richtung Karibik. Am 3. Tag der Seereise kommen wir morgens um 6:00 Uhr in St. Thomas an. Wach geworden bin ich von der Ruhe, die auf einmal auf unserem Schiff herrscht. Kein Maschinengeräusch, keine Bewegungen, nichts. Ich springe aus der Koje und reiße die Stahlklappe vor einem Bullauge auf. Grelles Licht ergießt sich in die Kabine. Durchsichtiges blaues, oder ist es grünes Wasser, direkt zum Greifen nah an der Bordwand. Eine solche Wasserfarbe habe ich noch nie gesehen. Klar, fast bis auf den Grund kann ich schauen. Beeindruckend.

Unwillkürlich denke ich an meinen ehemaligen Zeichenlehrer. Der hatte mich wegen der Farbe des

Meeres immer gescholten: *„Foerster, ein solch´ blaues Wasser gibt es nicht!"*

Ich habe damals doch recht gehabt mit der Wasserfarbe. Der Lehrer war noch nie in der Karibik und ahnungslos. Er kannte scheinbar nur das schmutziggraue Flusswasser.

Leider muss ich an diesem Tag arbeiten und kann somit St. Thomas keinen Besuch abstatten. Die Kollegen trösten mich mit dem Hinweis, dass noch interessantere Inseln kommen. Und sie haben recht. Jeden Tag, ich kann es kaum abwarten, flitze ich zum Bullauge und sehe hinaus. Es ist für mich wie Weihnachten, wenn ich als Kind das tägliche Türchen des Weihnachtskalenders öffnen durfte. Hübsche Bilder waren dahinter versteckt. Anstelle der Türchen im Kalender öffne ich nun die Stahlklappe des Bullauges und schaue in das Paradies.

Jeden Morgen eine neue Insel. St. Thomas, Puerto Rico, Martinique, Barbados, Jamaica, Trinidad, Haiti und wie sie alle heißen. In der Früh liegen wir auf Reede vor dem jeweiligen Eiland. Jeden Tag aufs Neue. Die Passagiere und die Crew werden dann mit den Rettungsbooten in einer 15-minütigen Bootsfahrt an Land gebracht. Unser Schiff hat für die meisten Häfen der Inseln einen zu großen Tiefgang, der nur die Lösung des Ausbootens zulässt. Morgens übersetzen zur Insel mit organisierten Landausflügen für die Passagiere und Landgang für die Crew, sofern sie freihaben.

Am frühen Abend lichten wir dann die Anker. Und nachts wird die Distanz bis zur nächsten Insel zurückgelegt. Ein Prozedere zwar wie am Tag zuvor, aber stets mit neuen Eindrücken. Heute liegen wir vor Barbados, einer ehemaligen britischen Kolonie. Man spricht dort nur englisch. Bei uns an Bord leider auch. So kommt es zu einem Fauxpas, der mir eine Abmahnung einbringt.

Um 19:00 Uhr habe ich Dienst im großen Salon. Der Oberstewardassi gibt mir die Order, ein Silbertablett mit Küchenleckereien den Passagieren darzubieten. Also laufe ich durch den, mit 200 Gästen besuchten, Saal und beuge mich an jeder Sitzgruppe etwas vor, damit die Passagiere in Ruhe aussuchen können.

Leider wiegt allein das Tablett über 4 Kilo plus der Leckereien darauf. Wenn ich mich dann vorbeuge und die Gäste in der Sitzecke können sich nicht schnell genug entscheiden, bekomme ich lange Arme und einen schmerzenden Rücken.

Und so geschieht es, dass eine Dame auf jedes Leckerli zeigt und von mir wissen will, was es ist. Natürlich auf Englisch. Also preise ich die Lebensmittel an: „Onions, Tomatos, Pork, Fish, Scampis and Chicken."

Schließlich entscheidet sie sich für ein paniertes Stück Fleisch, welches ich als Chicken definiere. Sie nimmt es mit spitzen Fingern vom Tablett, bedankt sich und ich ziehe weiter zur nächsten Sitzecke.

Gerade will ich meine Rückentortour fortsetzen, als ein Schrei im Saal erschallt. Erschrocken drehen sich alle

148

zu der Ecke um, aus der der Ausruf kommt. Es ist die Dame mit dem panierten Fleisch, die mit angeekeltem Gesicht nochmals laut kreischt: „*It is not a Chicken. It 's a Frog!*"

Es ist also kein Huhn. Es ist ein panierter Froschschenkel. Niemand hat mir erklärt, dass die genauso groß sind wie Hühnerbeine. Ich kann das nicht wissen. Bei meiner Oma gab's nie Frösche zu Essen. Ich muss vorzeitig die Schicht beenden und am Morgen bekomme ich einen Anschiss vom Obersteward Oberhuber. Zusätzlich wird mir für die nächsten zwei Inseln der Landgang gestrichen. Das ärgert mich maßlos.

Aber es soll noch schlimmer kommen. Am darauffolgenden Tag wird mir an unserem Office erklärt, dass ich ab sofort, aufgrund meiner mangelnden Englischkentnisse, vom Pagen-Dienst suspendiert bin und mich in der Mannschaftsmesse zum Tellerwaschen melden muss. Scheiße, das kommt bestimmt vom Oberhuber; der kann mich sowieso nicht leiden. Teller waschen, was für ein Shitjob. Nicht nur das. Mir gehen die Trinkgelder verloren. Und alles nur wegen der Frösche. Ich mag Frösche; aber keine panierten.

Das Schiff befindet sich auf der Rückreise aus der Karibik. Knut hat in den vergangenen Tagen einige tausend Teller abgewaschen. Da wird er zum Oberhuber gerufen. Der ist für die Mannschaftsküche nicht zuständig und nicht mehr sein Vorgesetzter. Wenn der ihm blöde kommt, wird er wortlos gehen, nimmt sich Knut vor. Unsicher klopft er an dessen Officetür.

„Herein!", klingt die kräftige Stimme mit Akzent.

„Guten Tag Herr Obersteward", grüßt Knut.

„Foerster ich habe hier Post von deiner Mutter aus Deutschland im letzten Hafen bekommen", spricht er in ungewohnt freundlichem Ton, aber mit ernstem Gesichtsausdruck zu Knut, *„Ich lese dir den Brief vor."*

Der Junge schaut ihn verwundert an und erinnert dabei, dass es ein Briefgeheimnis für Minderjährige nicht gibt -- und schon gar nicht auf hoher See.

„... mein lieber Sohn, ich habe kein Geld und großen Hunger. Bitte schicke mir schnellstens hundert Dollar. Ich bin verzweifelt und werde mir das Leben nehmen. Die Tabletten habe ich mir schon besorgt. Adieu mein Sohn; lebe

wohl. Deine dich liebende Mama", beendet der Obersteward sich räuspernd, das Vorlesen.

Verunsichert schaut Knut zu dem Bullauge nach
draußen auf das Meer. Kaum gekannt hat er sie, die
Frau, die ihm einen solchen Brief schreibt. Obwohl, sie
ist nun mal seine Mutter. Gegen die dann doch aufstei-
genden Tränen kommt er nicht an.

Er hört den Obersteward wie aus weiter Ferne sagen:
*„Alles in Ordnung Junge. Ich habe veranlasst, dass die
Reederei deiner Mutter einen größeren Geldbetrag aushän-
digt. Der wird dann mit deiner Heuer verrechnet. Und ab
sofort gehst du wieder als Page deinem Dienst nach. Da
bekommst du dann ja genügend Trinkgelder und kannst
deine Mutter in Zukunft unterstützen!"*

Da heult Knut erst richtig los. So ein feiner Kerl, der
Oberhuber. Fast wäre er dem Obersteward um den
Hals gefallen, doch der mag keine Sentimentalitäten.
Giebt Knut den Brief und fordert ihn in strengem Ton
auf, sich umzuziehen und beim Office zu melden. Das
läst Knut sich nicht zweimal sagen, verlässt das Büro
und stürmt den Niedergang hinunter zu seiner Kabine.

Am nächsten Tag steht er mittags wieder an der Speise-saaltür und wünscht den hereinkommenden Passa-gieren einen guten Appetit. Da gibt ihm ein älterer Herr ein Zeichen, herzukommen. Schnell schreitet er auf den mit zwei Männern besetzten Tisch zu. Die beiden, um die 60 Jahre alt, sind ein Pfarrer und ein evangelischer Pastor. Der Katholik erzählt, dass sie gestern Abend im Bingo gewonnen haben und ihm das Geld geben wollen. Ihr Glaube lässt es nicht zu, Gewinne aus Glücksspielen zu behalten. *„Gott nimmt solche Gelder nicht als Spende an."*

Bingo! Knut fällt Oberstewardassistent Brüchner wieder ein und sein Desaster bei der Orkanfahrt nach New York. Er ist froh, dass in der Karibik kein Seegang herrscht. Erfreut bedankt er sich für die 20 Dollar und verspricht, an jeden Mittag die Teufelsgewinne bei den beiden Geistlichen abzuholen. Sie sind ziemlich sicher, dass ihr Glücksspielerfolg länger anhalten wird. Na Knut soll's recht sein.

Diese 14-tägige Kreuzfahrt wird ihm über 250 Dollar an Trinkgelder einbringen. Das weiß er zu diesem Zeit-punkt nicht. Auch nicht, dass eine weitere äußersterfreuliche, aber auch eine schlechte Überraschung auf ihn warten.

Alle erzählen vom Wellentunnel; der Kneipe an Bord des Schiffes - für die Besatzung. Heute will ich diese legendäre Pinte aufsuchen. Auf dem Weg dorthin lächelt mich eine dunkelhaarige Dame in Stöckelschuhen und engem Rock an. Ob das eine Stewardess ist? Die kenne ich eigentlich alle vom Sehen. Nein, eine Stewardess nicht, aber wer ist es dann? Ich bin ein bisschen irritiert als sie mir noch: *„Süßer, komm doch mal"*, hinterher ruft.

Den *Wellentunnel* bezeichnen einen circa 50 m² großen umgebauten ehemaligen Laderaum direkt über dem Wellenkanal des Schiffes. Daher herrscht ein permanent lauter Lärmpegel in dem Raum. Den erzeugen die Antriebswellen, die unmittelbar unter dem Decksboden verlaufen. Man versteht kaum sein eigenes Wort; was die Crew jedoch nicht von einem Aufenthalt dort abhält. Wir Jüngeren dürfen nicht hinein. Manchmal wird vom Personal nicht so genau hingeguckt. Da sehe ich Hubert meinen Kollegen. Setze mich zu ihm und erzähle von der Schönheit, die mich vor dem Eingang angesäuselt hat. Der hört nicht weiter zu, sondern lacht nur.

„Hub hör auf so blöd zu lachen, kennst du die etwa?".

„Bongo du Träumer. Den kennt doch hier jeder an Bord."

„Den? Wieso den?"

„Mensch raffst du es noch immer nicht. Das ist Susi Bauch, ein Kabinensteward der I. Klasse."

„Was? Ein Kerl?"

Am nächsten Tag treffe ich eine echte Frau im Lift. Na ja, eigentlich ist sie ein junges Mädchen. Eine blonde sechzehnjährige Passagierin. Sie gefällt mir sofort und auch sie sieht mich interessiert an. Prompt bekommt sie dabei einen knallroten Kopf. Bald habe ich heraus, dass sie Viola heißt und mit ihrer Schwester und ihrer Mutter aus New York kommt. Ihr Vater ist ein einflussreicher Agent unserer Reederei. Im Laufe des Tages sehe ich sie nochmals alleine an Deck stehen und spreche sie an. Da dauernd irgendwelche Leute vorbeikommen und uns beobachten können, vereinbaren wir ein Treffen nach dem Lunch unter der Kommandobrücke. Woher ich den Mut aufbringe, ist mir im Nachhinein unerklärlich.

Ich will diese Gelegenheit nicht verstreichen lassen, zumal die Kreuzfahrt in 2 Tagen in New York beendet wird. Viola ist echt 'ne Hübsche mit ihrem engelsgleichen Gesicht, den tiefblauen Augen und dem fein geschwungenen Mund. Na und schließlich bin ich auch nicht gerade hässlich anzuschauen. Hätte ich nur damals in der Schule besser aufgepasst und Englisch gelernt. Das ärgert mich im Nachhinein maßlos.

Abends treffe ich sie auf dem Deck, welches unter der Brückennock liegt. Sie trägt ein gelbes Sommerkleid, das zu ihren blonden Locken entzückend passt. Ich stürme auf sie zu und umarme sie innig. Sie lässt es nicht nur mit sich geschehen; sie erwidert meine Umarmung. So stehen wir minutenlang und sprechen dabei nicht. Da höre ich eine barsche Stimme und drehe mich im Halbdunkel herum.

„Hallo was ist denn hier los?", ruft da ein herangeschlichener Feuerwehrmann und greift nach meinem Arm.

Mir ist klar, was jetzt kommt.

„Liftboy weißt du nicht, dass der Kontakt zu Passagieren für Besatzungsmitglieder ausschließlich auf das Berufliche zu beschränken ist?".

„Ja das ist mir bekannt."

„Gut, ich werde deinem Vorgesetzten Meldung machen", droht der Feuerwehrmann und lässt meinen Arm los.

Viola hat unterdessen das Deck verlassen und ich möchte am liebsten über Bord springen.

Am letzten Tag vor New York überreicht mir mein Kollege Hubert einen geschlossenen Briefumschlag mit den Worten: *„Hier Bongo von einer Passagierin; hat sie mir für dich gegeben."*

Hastig greife ich danach. Von *Viola Mc.Intire,* steht in zierlicher Handschrift auf der Rückseite. Ich reiße den Umschlag auf und lese.

Hubert: *„Na dich hat´s ja schön erwischt. Hübsch is sie ja, die Kleine. Kannst du das Geschriebene überhaupt verstehen, mit deinem MickyMouse-englisch?"*

„Lass mich in Ruhe Hub", fauche ich ihn an und verziehe mich in die äußerste Ecke unserer Kammer.

Mittlerweile war ich aus der anspruchsvollen Passagierkabine ausgezogen und wohne jetzt mit 5 weiteren Pagen in dieser engen, höchstens 20m² kleinen Muffkammer. Nicht einmal zum Lüften kann man die Bullaugen öffnen. Das D-Deck liegt manchmal unter der Wasserlinie. Das erklärte mir Hubert, als ich einmal, mitten auf dem Atlantik versuchte, die Messingknebel des Bullaugenglases mit einem Hammer zu lösen.

Ich überfliege den Brief von Viola. Mit meinem miserablen Schulenglisch kann ich den Text kaum übersetzen. Das Ende verstehe ich allerdings: *„All my love"*. Und es ist eine Telefonnummer von einem Vorort von New York angegeben. 914 YO 98 ..... die Telefonnummer meiner ersten großen Liebe! Die werde ich lebenslang nie mehr vergessen.

Die Gefühle, ja mein gesamter Körper, spielen mit mir Seegang. Mehr, als es die Sturmfahrt vor Wochen auf dem Atlantik vermochte - im positiven Sinne. Ich möchte die ganze Welt umarmen, aber es ist niemand da; nur Hubert. Und der flüchtet aus unserer Kammer, als er meine Gefühlsaufwallungen mitbekommt. Mit Elan und einem guten Gefühl beziehe ich am nächsten Tag, das letzte Mal auf dieser Reise, an der großen Speisesaaltür meine Position. Ich wünsche den hereinkommenden Passagieren einen gesegneten Appetit und halte ihnen die schwere Glastür auf. Nach einer halben Stunde verlassen die ersten den Speisesaal und ich verabschiede sie für eine glückliche Heimreise.

Und der Geldregen beginnt zu rauschen. Fast jeder drückt mir eine Dollarnote in die Hand und sagt so etwas wie nice boy, good look, thank you und Ähnliches. Oftmals sind es sogar fünf oder zehn Dollar. Gütiger Himmel ich bin reich. Abends, wir haben an der Pier 88 mit dem Schiff festgemacht, zählen wir unsere Beute. Mit 248 Dollar bin ich der Sieger unter allen Pagen. Was die anderen drei Liftboys aus der I. Klasse an Trinkgeld eingenommen haben, interessiert uns nicht. Die Angeber können wir nicht leiden. Die bilden sich ein, sie sind auch I. Klasse, die Spinner.

Den Kaffeekoch aus der Passagierküche versorge ich immer mit Briefpapier aus dem I. Klasse-Lesesalon. Das ist dort zum Mitnehmen ausgelegt. Edles Bütten-papier mit Schiffsstempel und Foto von unserem Flaggschiff *TS Bremen*. Das Schreibpapier ist nicht nur bei den Passagieren begehrt. Dafür übersetzt mir der Kaffeekoch den Brief von Viola.

Ich soll sie nach meiner nächsten Reise anrufen, wenn ich in 14 Tagen wieder in New York bin. Einer ihrer Brüder wird mich von der Pier abholen. Darum die Telefonnummer. Und erneut möchte ich vor Freude über mein Glück, die ganze Welt umarmen. Wieder ist niemand da, außer dem Kaffeekoch. Der will zwar gerne von jungen Männern umarmt werden, wie ein Gerücht umgeht, aber das will ich nicht. Außerdem gebe ich wenig auf das Geschwätz einiger Seeleute. Hermann ist ein feiner Kerl und versorgt mich immer mit frischem Eistee in der Karibik. Er lässt mich in Ruhe und nichts deutet daraufhin, dass an den Gerüchten etwas dran ist.

Wir rauschen gerade an der Freiheitsstatue in New York vorbei, da werde ich zum Chef Oberhuber bestellt. Oh weh, das bedeutet nichts Gutes. Meistens bekommen wir Pagen, wenn wir Mist gebaut haben einen Rüffel von einem der Oberstewardassistenten. Wenn der Chef sich mit uns direkt befasst, ist etwas Besonderes im Busch. Und so ist es dann auch. Der Feuerwehrmann hat tatsächlich meine harmlose Umarmung mit Viola unter dem Brückendeck gemeldet. Es kommt, was kommen muss. Ich werde entlassen. Zwar nicht sofort, jedoch in 2 Monaten wenn die Kreuzfahrtsaison beendet wird, werde ich das Schiff verlassen müssen. Dann gibt mir der Chef noch das offizielle Kündigungsschreiben und ich darf mich zurückziehen.

Shit, das war 's wohl mit dem Traumschiff in der Karibik. Das war 's wohl auch mit Viola und den Dollars. Nein das muss nicht das Ende sein, kommt es mir in den Sinn. In 13 Tagen werden wir uns in New York wiedersehen. Nicht gleich die Finte ins Korn werfen, oder wie das Sprichwort heißt.

Tage später liegt unser Schiff vor Haiti -- Port au-Prince, der Hauptstadt der Insel. Kollegen laden mich zu einem Inselbesuch ein. Zur Aufmunterung meiner miesen Kündigungsstimmung, wie sie sagen. In einen Puff wollen sie mich schleppen; in einen Kinderpuff!

Ich glaube, mich verhört zu haben: *„Ihr wollt in ein Kinderbordell zu kleinen Mädchen?"*

„Reg´ dich nicht auf Bongo, die sind hier weiter als bei uns und haben Spaß daran, die lachen sogar dabei", bekomme ich zur Antwort.

Es ist nicht zu glauben.

„Da mache ich nicht mit. Das ist ja widerlich - die armen Kinder. Außerdem ist das doch sicherlich verboten", wende ich empört ein.

„Quatsch, der Dorfpolizist sitzt doch auch an der Bar. Der kriegt nichts mit, außer einem Dollar pro Mädchen. und der

Barkeeper bekommt ebenfalls einen Dollar. Das Mädchen lie-
fert die restlichen drei Dollar bei ihrer Mutter ab. Also alles
Tutti. Du brauchst dich nicht aufzuregen. Außerdem kannst´
ja schon mal üben, für deine neue Freundin in New York",
gluckst der Kollege Werner.

Mit Mühe halten mich zwei andere Pagen zurück, als
ich ihm an die Gurgel will.

„Kommt - wir gehen. Lasst ihn doch zu seinem Kaffeekoch
ein Käffchen trinken gehen", ruft einer und die drei verlassen unter anzüglichen Sprüchen und Gelächter die
Kammer.

Tage später, in New York angekommen, holt mich Violas Bruder an der Pier ab. Wir fahren eine halbe Stunde
bis in den Vorort Yonkers. Viola kommt mir bereits auf
der Garageneinfahrt entgegen und grüßt schüchtern
mit einer angedeuteten Umarmung. Im Haus nimmt
mich ihre Mutter in den Arm und serviert mir ein Glas
Milch -- aus Milchpulver hergestellt. Igitt! Ich mache
Viola darauf aufmerksam, dass in der Stube ein TV-
Gerät in Betrieb ist, obwohl niemand davor sitzt. Sie
schaut mich nur verständnislos an.

162

Dann schlendern wir händchenhaltend durch die Straße. Aber die Stimmung zwischen uns ist bei weitem nicht so vertraut, wie auf der Karibikkreuzfahrt. Nach einer Stunde fahre ich enttäuscht mit dem Bus und der U-Bahn wieder zurück in den Hafen von New York; zu unserem Schiff.

Mitte April bei grau verhangenem Himmel kommen wir mit unserem Passagierdampfer in der Heimat an. Keine Besucher, kein Empfang mit Musik, keine Luftschlangen oder Luftballons. Niemand erwartet uns an der Pier. Das Ganze ist trostlos wie das trübe Wetter. Mit der Kündigung im Seesack schleiche ich mich über die Gangway an Land. Ein Paar Dollar habe ich noch in der Tasche und fahre mit einer Taxe zu der Wohnung meiner Mutter.

Auf mein Klopfen an der Tür erscheint Schwester Janett und zieht mich in den Flur: *„Komm schnell rein, wir sehen grad´ Fernsehen."*

Was für eine Begrüßung nach einem halben Jahr Abwesenheit. Meine Mutter ruft mir ein Hallo zu und stiert dabei weiter auf das kleine TV-Gerät. Auf dem, in

Schwarz-Weiß, eine wilde Schießerei zu sehen ist. Neben ihr sitzt ein mir unbekannter Mann. Wahrscheinlich ihr neuer Geliebter. Ich erzähle, was ich in den vergangenen Monaten auf See erlebt habe. Da unterbricht mich meine Mutter: *„Ja später. Wir wollen jetzt erst einmal BONANZA gucken. Ein toller Western aus Amerika.“*

Ich stehe auf, wuchte den Seesack über die Schulter und verlasse grußlos das Zimmer. Wahrscheinlich würde niemand mein Fortgehen bemerken, so fasziniert starren alle in die Glotze. Egal, von hier muss ich weg. Das ist nicht mein zu Hause. Zwar weiß ich noch nicht, wo ich bleiben kann mit meinen 17 Jahren, aber hier gehöre ich nicht hin. Soll sich die Prophezeiung meines Lehrers doch bewahrheiten und ich werde nun zum Obdachlosen, zum Penner?

Auf dem Passagierschiff *MS Europa* derselben Reederei werden dringend Pagen gesucht. Nachdem er eindrücklich ermahnt wurde, nicht wieder die weiblichen Passagiere zu *„belästigen“*, durfte Knut anheuern und war in wenigen Tagen auf der Seereise nach New York.

Die *Europa* ist zwar ein Drittel kleiner als die *Bremen* aber immer noch ein großes Schiff. Sie ist die ehemalige *Kungsholm* einer schwedischen Rederei und in anspruchsvollem Stil gebaut. Den Passagieren bot sie eine anheimelnde gemütliche Atmosphäre. Im Gegensatz zum Kunststoffinterieur der *Bremen* war auf der *Europa* edles Holz verbaut worden. Der antike, mit Scherengitter versehene Lift und die Messingknäufe der Bullaugenverschlüsse zeigten den eleganten Baustil des Ozeanliners.

Diese gediegene Atmosphäre wirkt sich auch auf den jungen Knut aus. Am zweiten Tag der Seereise wird er auf eine indische Familie aufmerksam. Zu dem über zehn Personen zählenden Clan gehört eine 15-jährige Tochter. In die verliebte sich der Junge prompt und spricht sie in einem Treppenhaus des Schiffes an. Kiran Sarah Wilkinson heißt sie und kommt mit ihrer Familie aus Nagpur, einer Millionenstadt in Zentralindien.

Zwar dachte Knut manchmal noch an Viola aus New York, aber er hatte nie mehr etwas von ihr gehört. Auch nicht als er ihr, ein Funktelegramm zu Weihnachten schickte.

Dann eben auf zu neuen Ufern. Die *Kiran* war nicht weniger hübsch, nur etwas dunkelhäutiger als Viola. Und sie hatte einen Fleck (*Kastensymbol*) mitten auf der Stirn; entzückend. Und es kam erneut, was kommen musste. Die Inderin fand ebenfalls Gefallen an Knut. Abends standen sie eng umschlungen in einer Nische auf dem Achterdeck. Auch auf der *Europa* - wegen der Sicherheit - gab es Kontrollgänge der Feuerwehrleute an Bord. So endet die Romanze wie die, auf der *Bremen*. Kündigung und endgültig Schluss für Knut in der großen Seefahrt bei dieser angesehenen traditionsreichen Reederei.

Sein Vorbringen, das er Offiziere auf den Schiffen aus Passagierkabinen des nächtens herauskommen sah, wurde mit einem Achselzucken von dem Büroleiter an Land ignoriert. Damit stand der Junge wieder einmal vor dem Nichts und die Prophezeiung seines Lehrers schwebte erneut über sein Haupt.

Ohne Schiff und Heuer sieht das Leben in 1967 düster aus. Da nimmt mich ein flüchtiger Bekannter mit auf Sauftour. Eine nicht unübliche Einladung unter Seeleuten. Heute Morgen hat der seine Heuer bei der Reederei abgeholt und die Tasche voller Asche.

„Da unten soll eine Kneipe sein?", schaue ich Gero an.

„Nun geh´ schon runter, da is wat los, glaub´ mir", schiebt er mich zum Niedergang hin.

Ich frage ihn, wo er so viel Mäuse verdient. Gero winkt nur verächtlich ab: *„Das ist doch noch nix. Letzte Reise hatte ich über 1.000 Piepen in der Tasche."*

Wir sitzen in der *Rondel*, einer Fischdampferkneipe und trinken das Bier aus der Flasche. Gero beginnt zu erzählen:
„Ich lag neben Mechthild. Ihr gedrungener Aufbau konnte ihre Rettungsringe nicht verbergen. Ebenso hinterließ Ihr rostrotes Schanzkleid einen bedauernswerten Eindruck und von der vielen Anmalerei, hatten sich im Lauf der Jahre ihre Klüsen verengt. Üppig, ja fast ausladend zu nennen waren ihre Bomber*. Das waren wirklich die dicksten im Hafen. Die Anzahl ihrer Männerbekanntschaften war legendär,

sodass sie für viele keine Unbekannte war. Die Bewegungen ihres Rumpfes waren aufreizend langsam und irritierte die Anwesenden. Wenn sie unüberhörbar grüßte, drehten sich die Männer nach ihr um. Sie war wieder ziemlich schräg angepinselt und ihr ungepflegtes Äußeres war mit Ursache, dass sie nach Fisch roch.

Tatsächlich ähnelte sie einer sprichwörtlichen alten Fregatte, womit ihr Zustand treffend beschrieben sein dürfte. Sie hinterließ beim Betrachter, alles in allem, einen morbiden Gesamteindruck. Sie war halt nicht mehr die Jüngste und gehörte eher zum alten Eisen. Wieder einmal hatten sich Männer bei ihr eingefunden, die nur das eine wollten, - mit ihr eine Reise nach Island antreten.

Wenn Mechthild *nach 3 Wochen zurück sein würde, dann sollte sie abgewrackt werden. Das hatte die Reederei Eibling für ihren Fischdampfer, der als letzter der Flotte einen weiblichen Vornamen trug, beschlossen. Ich war daher mehr als froh, dass unser Fischdampfer, mit dem wir Bordwand an Bordwand mit der Mechthild lagen, modernerer Bauart war.",* beendet Gero seine Erzählung.

„Mensch Kumpel, was für eine verrückte Geschichte. Und ich dachte schon, es handelt sich bei Mechthild um eine ..."

„Das solltest du ja auch denken, haha. Hättest du nicht Lust, auch n´ dicke Heuer zu kassieren. Bei der Fischerei suchen sie noch ganze Kerle, die zupacken können."

„Ich weiß nicht -- vielleicht."

„Morgen früh nehme ich dich mal mit zu Fußkalt, *das ist der Reedereiinspektor. Der is OK."*

„Also abgemacht. Bestell mal noch n´ Bier für ´n Kumpel!"

Am nächsten Nachmittag suchen wir das Reedereibüro auf und sprechen mit dem Reedereiagenten.

„Foerster, heißt du also und möchtest auf einem unserer Schiffe fahren. Kannst du auch arbeiten? Ich meine wie ein Mann?", schaut mich mein Gegenüber prüfend an.

„Ich bin auf der Bremen als Page zur See gefahren", gebe ich stolz zurück.

„Wie heißt der Dampfer? Egal. Du kannst übermorgen mit der Johannes Krüss *auslaufen; als Kochsmaat. Kartoffeln schälen und Gemüseputzen wirst du wohl können. Gib mir dein Seefahrtsbuch, damit ich dir eine Bestätigung ausstellen*

kann. Morgen früh meldest du dich dann im Heuerbüro und mit dem Stempel von denen, kommst du anschließend wieder hierher."

„*Jawohl Chef*", antworte ich eingeschüchtert.

Nachdem wir das Büro verlassen haben, lädt Gero mich erneut in eine Hafenkneipe ein und wir trinken auf meine zukünftige Arbeit als Fischermann auf einem Hochseeseitenfänger.

170

Am übernächsten Tag stehe ich frühmorgens an der Pier, vor dem kleinen rostigen Fischdampfer *Johannes Krüss*. Was für ein Abstieg, wenn ich diese 700-BRT-Schaluppe mit meinem ersten Schiff vergleiche. Dem Ozeanriesen *TS Bremen* mit 33.000 BRT. Und dies ist erst der Anfang der Vergleiche; es sollte alles noch viel schlimmer kommen.

Ich gehe über die schmale und wackelige Gangway aufs Schiff und treffe in der Kombüse einen Mann mit umgebundener weißer Halbschürze. Mitte dreißig schlank und durchtrainiert. Er schaut mich fragend an.

„Hallo, Moin. Ich bin der neue Kochsmaat Foerster", erkläre ich mich.

„Sehr schön. Kloppemann - ich bin der Koch. Aber alle nennen mich nur Pitter. Bist du schon mal auf einem Fischdampfer gefahren?"

„Nein, aber auf der Bremen. *Dem größten Passagierschiff von Deutschland."*

„Kenn´ ich nicht. Du musst hier Kartoffel schälen. Zweimal am Tag einen Eimer voll. Gemüse putzen, Backschaft und so

weiter. Das weißt du ja sicher schon. Als Kochsmaat kennst du das ja!", gibt mir der Koch unmissverständlich zu verstehen.

„OK mach ich. Was ist eine Backschaft?"

„Das weißt du nicht, ach du heilige Scheiße, was hat mir der Fußkalt *da bloß geschickt. Ein Maat, der nicht weiß, dass Backschaft das Auf- und Abdecken des Geschirrs und das Abwaschen bedeutet"*, schaut der Koch mich mit zweifelnder Miene an, *„Hol´ schon mal die Kartoffeln aus der Backslast. Die Kammer und Deine Koje zeig´ ich dir später!"*

„Ich will mich aber erst umziehen", widerspreche ich.

„Was du zuerst machst, bestimme ich; klar!"

„Ich verdrecke mir doch nicht meine neuen Klamotten", erwidere ich und will die Kochskammer suchen gehen.

Da fliegt, ich sehe sie aus den Augenwinkeln, seine Steinmuck auf mich zu. Ich kann mich grade noch wegducken. Der schwere Pott mit heißem Kaffee zerschellt an der Kombüsenwand, wenige Zentimeter von meinem Kopf entfernt.

172

Mit wutverzerrtem Gesicht schreit mich der Koch an: *„Wer hier was macht, bestimme ich immer noch alleine. Wisch den Kaffee auf und hol´ die verdammten Kartoffeln!"*

„Ja, mach ich sofort, alles OK", gebe ich erschrocken zurück und erkenne, dass der Koch ein jähzorniger Mensch ist. Da werde ich aufpassen müssen.

Das Kartoffel- und Gemüsehock habe ich schnell gefunden. Unterdessen legt unser Fischdampfer ab und stampft durch die Wellen. Mir wird schlecht ob der Schaukelei, oder ist es die Aufregung. Jedenfalls beschließe ich, mich für ein paar Minuten zum Aus-ruhen zu den Kartoffeln zu legen, nach dem ich mich bereits in selbige übergeben habe.

Lautes Geschrei weckt mich aus meinem unruhigen Halbschlaf.

„Dir wird´ ich helfen, keine Kartoffeln geschält, es ist fast Mittag. Die Mannschaft will was zu fressen haben und mein Maat kotzt in die Kartoffeln!", brüllt der Koch und lässt die Scheuerleiste auf mich niedersausen.

Nach zwei schmerzenden Volltreffern auf Rücken und

Kopf renne ich zur Brücke hinauf und klopfe an die Holztür der Brückennock. Niemand antwortet mir von drinnen. Nun ergreife ich die Messingklinke, öffne mit einem Ruck die Tür und stehe auf der kleinen Kommandobrücke des Schiffes.

Ein Matrose am Steuerrad schaut mich an und knurrt: *„Was willst 'd?"*

„Ich möchte bitte den Herrn Kapitän sprechen."

„Der Alte stellt grad den Fischfinder ein", zeigt der Matrose auf einen ungekämmten, mittelgroßen Kerl (ca. 40), der auf einem erhöhten Stuhl lümmelt.

Ich gehe die wenigen Schritte zu dem Mann und sage mit fester Stimme: *„Guten Tag Herr Kapitän. Ich bin der neue Kochsmaat und möchte Ihnen eine Beschwerde vortragen."*

„Was is los?", schaut der mich fragend an.

„Der Koch hat mich geschlagen!", rufe ich anklagend.

„*Ja und?*", ernte ich einen weiteren verständnislosen Blick.

„*Er hat mich geschlagen -- mehrmals. Mit einer schweren Holzleiste!*"

„*Sieh zu, dass du an deine Arbeit kommst. Auf der Brücke hast du nichts zu suchen!*", brüllt der Kapitän mich an und furzt dabei heftiger als der Wal von Mobby Dick beim Auftauchen blies.

Fluchtartig verlasse ich die Brücke und mir erschließt sich die Erkenntnis, dass ich auf diesem Seelenverkäufer auf meine Gesundheit achten muss. Es scheinen hier andere Umgangsformen zu herrschen, als auf Passagierschiffen.

Seit Tagen fischen wir vor Island nach Rotbarsch. Das Ergebnis scheint unseren Käpten nicht zufriedenzustellen. Wir dampfen weiter Richtung Grönland. Die See wird mit Windstärken bis zu 11, merklich unruhiger. Der kleine Dampfer hüpft wie ein Tischtennisball auf dem aufgewühlten Meer hin und her. Ein Fischdampfer, von einer Konkurrenzreederei kämpft in Sichtweite mit seinem am Grund festgehakten Schleppnetz. Der Kapitän könnte die Stahlseile des Netzes zwar kappen lassen und das Schiff wäre wieder frei und manövrierfähig. Dies würde einen hohen Verlust von zigtausend Mark bedeuten und die Fangreise ein großes Minusgeschäft für die Reederei. Das könnte den Kapitän seinen Job kosten. So versucht er seit Stunden, durch Kursänderungen und Rückwärtsdampfen das festgesetzte Netz doch noch freizubekommen. Das ist nicht ungefährlich bei dem Orkan, der mittlerweile herrscht.

Diese Informationen tauschen die beiden Schiffsführer über UKW aus. Und was macht unser Kapitän daraufhin? Er lässt die Deckmannschaft antreten und befiehlt: *„Leg out!"*

Das bedeutet, wir wollen fischen und die Matrosen müssen das Netz aussetzen. Und das bei dem Unwetter! Diese Entscheidung wurde von allen an Bord, mit Unverständnis aufgenommen. Aber, der Kapitän hat nun mal das Sagen auf dem Schiff und eine Arbeitsverweigerung käme einer Meuterei gleich.

In diesem Moment kommt eine riesige Welle, bestimmt 10 Meter hoch, auf unseren kleinen Dampfer zu und ich klammere mich mit einer Hand krampfhaft an den *Galgen* (*daran wird das Scherbrett des Schleppnetzes eingehängt*). Die Welle schwappt über die Bordwand. Da wird ein Brückenfenster aufgerissen und eine Stimme schreit: „*Du sollst arbeiten und nicht den Dampfer festhalten!*"

Das hat mir gegolten und mich in der Überzeugung gefestigt, dass hier nicht meine Zukunft liegt. Auch wenn ich mit dem Koch mittlerweile einigermaßen zurechtkomme. Nachdem mir auch das Schälen von Kartoffeln, und das Putzen von Gemüse, so halbwegs von der Hand geht.

Eines Tages beschweren sich einige Matrosen über das eintönige Essen und der Koch verspricht einen *Tag des Menüs*. Jeder der reklamierenden Männer darf sich ein Gericht nach eigener Wahl aussuchen und ich notierte die Zutaten. Sodann muss ich den größten Kochtopf holen und er befahl mir, alle notierten Zutaten (*soweit sie an Bord vorhanden sind*) in den Topf zu werfen. Das Ganze muss ich dann mit 5 Liter Seewasser auffüllen und auf den Herd stellen. Ich bin verwundert, aber traue mich nicht, zu widersprechen. Nachdem der gefangene Fisch vom letzten Hol an Bord verarbeitet ist, kommen die Matrosen an die Ausgabeklappe der Kombüse. Die Gesichter der rauen Gesellen zeigen freudige Erwartung auf ihr bestelltes Menü. Mit einem Schöpflöffel fülle ich, Befehl des Kochs, das undefinierbare Etwas in die hingehaltenen Teller.

„Was ist das denn für eine Sauerei, Kochsmaat?", schreit der erste Matrose mich an.

„Willst du uns verarschen? Ich schmeiß dich über Bord, du Ratte!", grölt der kräftigste unter ihnen und packt mich am Hals.

Da springt der Koch aus der Wandnische hervor und brüllt so laut, dass einem das Innerste gefriert: *„Lass meinen Kochsmaat los, sonst komme ich heraus und zeige dir, wer über Bord geht. Ich ramm 'dich ab, du Wixer!"*

Der starke Matrose wird augenblicklich zum Lamm und beschwichtigt: *„Pitter, so haben wir das doch nicht gemeint. Lustiger Scherz von dir, das mit dem Wunschessen. Alles Gut. Wir haben ja noch Brot und kalten Fisch von gestern."*

Der Koch ist immer noch auf hundertachtzig: *„Was glaubt ihr denn, welchen Verpflegungssatz mir die Reederei für die 23 Tage einräumt. Davon kann ich nun mal keine Schnitzel für euch einkaufen. Die sollen an Bord den Fisch fressen, erzählt mir der Reedereiagent dauernd. Wenn euch das nicht gefällt, müsst ihr selber kochen!"*, bindet der Koch seine Schürze ab und schmeißt sie dem nächststehenden Matrosen ins Gesicht.

„Alles in Ordnung Pitter, reg dich wieder ab. Wir sind ja froh, dass du für uns kochst", beschwichtigt der Anführer.

Die restlichen 10 Tage der Fangreise verlaufen friedlich, bis auf ein paar Schlägereien unter den Matrosen. Ich traue dem Frieden nicht und beschließe, wenn ich heil an Land komme, sofort zu kündigen.

Das habe ich dann auch getan und auf einem anderen Fischdampfer, der *Haltenbank,* angemustert. Kaum hatte ich von der *Johannes Krüss* abgemustert, geschah etwas Unfassbares.

FD J.Krüss (sic)

Es ist Dienstag, der 21. Februar 1967, ein nasskalter
Tag, an dem man am liebsten im Bett bleiben möchte.
Seit 7 Uhr herrscht Hochbetrieb an der Ausrüstungs-
pier, der Hochseefischerei *kämpf & Co KG*. Menschen
eilen zwischen Landbetrieb und dem *FD „JOHANNES
KRÜSS"* mit der Fischereinummer BX 651 hin und her.
Die schmale Gangway, die Verbindung zwischen Schiff
und Pier, federt leicht unter den Schritten der Männer,
die die letzten Ausrüstungsgegenstände an Bord bringen.

Als würde ihn dies alles nichts angehen, liegt der 60,4
m lange und 9,19 m breite Dampfer wie ein Brett im
Hafenwasser des Fischereihafens Bremerhaven. Mit
seinem grünen Außenbordanstrich, der besonders an
Stb.-Seite in ein Rostrot übergegangen ist und der
„Kämpf-Flagge" im Schornstein, wartet er nun darauf,
endlich in die offene See entlassen zu werden. Zur Kar-
woche am 16. oder 17. März will man, den Bauch
voller Frischfisch, wieder zurück sein. Reeder, Kapitän
und Mannschaft erhoffen sich einen guten Erlös, da

bekanntlich in dieser Woche die Nachfrage nach Fisch besonders groß ist.

Es ist kurz vor 10 Uhr, als man die Leinen loswirft und das Schiff mit langsamer Fahrt, angetrieben von einer 1000 PS starken ölgefeuerten Dampfmaschine, auf die Schleusen zusteuert. An der Pier steht Reeder Helmut Kämpf, der seinem Kapitän Rudolf Starossek noch ein *„Gute Reise und dicke Büdels"* hinterherruft. Nach dem Ausschleusen wendet sich das Schiff wie von selbst nach Stb., um in das Fahrwasser der Fluß zu gelangen. Außer dem Kapitän befinden sich noch 22 Mann Besatzung an Bord. Der 31 Jahre alte Matrose Herbert Schulz erkrankt noch auf der Ausreise und wird mit Verdacht auf Blinddarmentzündung in Stornoway auf den nördlichen Hebriden am 24. Februar zur ärztlichen Behandlung an Land abgesetzt.

Am 25. Februar um 9 Uhr geht bei der Reederei ein Telegramm ein, dass man Stornoway am 24. Februar um 21 Uhr verlassen habe.

Die Order für Kapitän Starossek heißt Frischfisch, das Fanggebiet ist ihm freigestellt. Der Reeder verlässt sich auf die Spürnase und die Erfahrung seines Kapitäns. Zunächst dampft dieser in Richtung Ostküste Grönlands, um sich an die eisfreien Fangplätze vorzutasten. Das Thermometer zeigt 22 Grad unter Null.

Am 28. Februar um 18.50 Uhr erkundigt sich „JOHANNES KRÜSS" bei dem Heckfänger „SIRIUS" BX 685 der Hochseefischerei Nordstern AG nach Wind und Wetter auf den grönländischen Fangplätzen. Es herrscht Westwind der Stärke 10 Beaufort, was für diese Jahreszeit dort nichts Ungewöhnliches ist.

Zu diesem Zeitpunkt befindet sich „JOHANNES KRÜSS" auf 38 Grad West etwa 300 Seemeilen östlich von Kap Farvel an der Südspitze Grönlands. In diesem Gespräch läßt Kapitän Starossek mitteilen, dass er sich noch nicht entschieden hat, ob er nach Ost- oder Westgrönland dampft. In den folgenden Tagen wartet man in der Reederei auf das erste Tagesfangergebnis. Als am 5. März noch immer keine Meldung des Funkers Erich Kunz in Bremerhaven eintrifft, drahtet Reeder Kämpf am folgenden Tag um 9.05 Uhr über Norddeich-Radio an FD JOHANNES KRÜSS: „Warum keine Meldung"? Zu diesem Zeitpunkt ist der Empfänger nicht zu ermitteln und Norddeich-Radio schickt den Funkspruch als „unzustellbar" zurück. Funkstille über „JOHANNES KRÜSS".

Jetzt beginnt für die Reederei die Suche nach ihrem Schiff, die sich zeitlich so darstellt:

Am 7. März gibt der Funker des Trawlers „J.HINR. WILHELMS" BX 636, Reederei C. Kämpf, eine Meldung an alle Fischereifahrzeuge: *„Wer hat JOHANNES KRÜSS gesehen"*? Eine positive Antwort erhält er nicht.

Am 8. März wird der Heckfänger „JOCHEN HOMANN" BX702, der Reederei Grundmann & Gröschel, K-R Kämpf & Co, mit der stärksten Funkausrüstung, einem Seitenbandsender, angewiesen, nach „JOHANNES KRÜSS" zu forschen. Am gleichen Tag beantragt die Reederei bei der Wasser- und Schiffahrtsdirektion Bremen und dem Bundesverkehrsministerium, Abteilung Seeverkehr, die genehmigungspflichtige Suchaktion unter dem Rufzeichen DAAG einzuleiten.

Am 9. März trifft die Genehmigung ein, und Norddeich-Radio strahlt nun achtmal täglich über drei Frequenzen diese internationale Suchmeldung „An alle" aus. Inzwischen formieren sich verschiedene Fischereifahrzeuge zu Suchgruppen.

„JOCHEN HOMANN" meldet der Reederei Kämpf, dass der Heckfänger „SEYDISFJORD" BX 704 der Hochseefischerei Kämpf die Leitung der Suche unter Ostgrönland und der FD „BRAUNSCWEIG" BX 638 der NORDSEE Deutsche Hochseefischerei GmbH die Leitung unter Westgrönland übernommen haben. Um 15.00 Uhr geht, auf Anraten des Bundesverkehrsministeriums, ein Funkspruch der „SEYDISFJORD" an die grönländische Funkstation OXI in Godthaab mit der Bitte, Suchmeldungen nach „JOHANNES KRÜSS" auszustrahlen.

Am 10. März wird der Reederei Kämpf durch ein Seefunkgespräch der „SEYDISFJORD" mitgeteilt, dass der Polizeichef von Godthaab die Koordinierung der Suchaktion übernommen hat. Alle Funk- und Radiostationen an der Küste sind an der Suche beteiligt und strahlen dringende Suchmeldungen aus. Inzwischen sind auch zwei Wasserflugzeuge und ein viermotoriges Landflugzeug gestartet. Die Wetterschiffe „A" und „B" halten Ausschau. Das Wetter gibt die „SEYDISFJORD" mit Nordwestwind in Stärke 4-5 Beaufort und einer Temperatur von minus 22 Grad C an.

Auf Grund der besonderen Umstände rechnen die Fachleute inzwischen mit dem Untergang des Schiffes. Reeder Helmut Kämpf hofft mit den Angehörigen noch immer auf Rettung. Tag und Nacht steht er mit ihnen in Verbindung. Man klammert sich an eine Funkstörung. Eventuell hat der *Schwarze Frost* die Drahtantenne zwischen den beiden Masten brechen lassen. Beim *Schwarzen Frost,* der unter Grönland bei bestimmter Witterungslage auftritt, wird innerhalb kürzester Zeit jedes Teil an Deck mit einem Eispanzer verhüllt. Somit kann der Funker in Notsituationen nicht einmal SOS geben.

Am 11. März, inzwischen sind 13 Tage seit der Meldung aus Stornoway vergangen, werden die Befürchtungen immer wahrscheinlicher, dass der FD „JOHANNES KRÜSS" mit seiner gesamten Besatzung untergegangen ist.

Dieses Schiff wird in der deutschen Hochseefischerei als das Ordensschiff bezeichnet. Im Mai 1959 gab es kein Besatzungsmitglied, das sich nicht mit einem Bundesverdienstkreuz, einer Bundesverdienstmedaille oder der Bremischen Rettungsmedaille hätte schmücken können. Der Kapitän Albert Sierck war Träger des dänischen Danebrogordens, den er vom Dänischen König Frederik IX verliehen bekam. Diese Orden wurden verliehen für die Suchaktion nach Überlebenden des dänischen MS HANS HEDTOFT. Unter mutigstem Einsatz aller Kräfte hatte man gehofft, Schiffbrüchige zu finden und ihnen zu helfen. 91 Menschen wurden damals Opfer der eisigen Fluten. Sicherlich hätten alle Besatzungsmitglieder lieber auf jeden Orden verzichtet, wenn der selbstlose Einsatz von Erfolg gekrönt gewesen wäre. Nachdem das Schiff aus der Rettungsaktion entlassen war und schon wieder 4 Tage erfolgreich gefischt hatte, kam es zu dem folgenden Ereignis.

Zitat:

„Am 9.2.59 schlug die See die achtere Fischluke auf, so daß Wassereinbruch in den Fischraum erfolgte. Zur Dichtung der Fischluke wurden an Deck beordert der Matrose Horst Ewald Voigt, der Matrose Ernst Redlingshöfer und ein weiterer Matrose. Bei den Arbeiten zur Verschalung der Luke riß plötzlich eine See 2 Matrosen über Bord. Bei diesem Ereignis herrschte Windstärke 9-10 Beaufort, die Wassertemperatur betrug 1,5 Grad C, die Lufttemperatur 1 Grad C. Der Steuermann eilte auf die Laufbrücke und versuchte einen Rettungsring zu werfen. Durch die starke Vereisung des Schiffes, die Aufbauten waren bis zu 60 cm mit Eis bewachsen, gelang ihm das Losschlagen des Rettungsringes nicht sofort und er schlug mit dem Messer das Eis frei. Dabei wurde das Haltetau des Rettungsringes zerschnitten. Der Rettungsring ging über Bord und Matrose Voigt konnte diesen Ring greifen. Er trieb aber schnell vom Schiff ab, da das Verbindungstau zerschnitten war. Der Steuermann warf einen zweiten Rettungsring. Diesmal aber mit Verbindungstau, er wurde diesmal auch von Voigt aufgefangen, während der Matrose Redlingshöfer in einiger Entfernung ohne Halt in der aufgewühlten See trieb. Der Matrose Voigt blieb ruhig und tauchte alle Brecher ab. Der Matrose Redlingshöfer war inzwischen sehr geschwächt und kurz vor dem Absinken. In dieser Situation schwamm der Matrose Voigt zu dem Matrosen Redlingshöfer und übergab ihm den sicheren Rettungsring mit der Verbindungsleine zum Schiff, so daß Matrose Redlingshöfer sofort an Bord gezogen werden konnte, während der Matrose Voigt weiter vom Schiff abtrieb. Der Kapitän (Albert Sierck) brachte es durch geschicktes Manövrieren fertig, den inzwischen abgetriebenen Matrosen Voigt längsseits zu bekommen, so daß auch dieser an Bord gezogen werden konnte.

Die ganze Rettungsaktion hat in dem eisigen Wasser und dem schweren Sturm etwa 20 Minuten gedauert. Die Haltung des Matrosen Voigt, der ohne sein eigenes Leben zu achten dem Kameraden den sicheren Rettungring übergab, ist hoch anzuerkennen. Es ist ein Wunder, daß beide Matrosen ohne ernstlichen Schaden, nur der Matrose Redlingshöfer hat leichte Erfrierungen an den Zehen, davongekommen sind."

Am 21. März 1967 teilt das dänische Marineoberkommando der Deutschen Botschaft in Kopenhagen mit, dass die Suche nach dem Bremerhavener Trawler „JOHANNES KRÜSS" eingestellt worden ist. Diese Mitteilung wurde am gleichen Tag der Hochseefischerei Kämpf & Co. KG in Bremerhaven übermittelt. Damit hatten sich die schlimmsten Befürchtungen bewahrheitet. FD „JOHANNES KRÜSS" war mit 22 Seeleuten untergegangen. Der einzige Mann an Bord, der noch das Geschehen um die Suchaktion der „HANS HEDTOFT" miterlebt hatte, war Horst Ewald Voigt, der inzwischen als Steuermann angemustert war. Es war ihm nicht vergönnt, seinem Schicksal zu entgehen. Es wird vermutet, dass die „JOHANNES KRÜSS" unter einer riesigen Kreuzsee begraben wurde, oder aber mit einem unter Wasser treibenden

Eisberg zusammenstieß und sofort sank. Was immer diesem Schiff zugestoßen ist, es muss in Sekundenschnelle vor sich gegangen sein. Der Trawler fand sein Grab vermutlich in dem gleichen Seegebiet, in dem er sich im Januar 1959 durch beispielhaften Einsatz beim Untergang des dänischen Grönlandschiffes „HANS HEDTOFT" ausgezeichnet hatte.

Als der bei Seebeck gebaute Trawler mit der Baunr. 816 am 1.August 1956 seine Probefahrt machte, wurde an Bord ein neuartiges Leinenschießgerät vorgeführt. Es sollte eingesetzt werden, wenn Besatzungsmitglieder über Bord gingen oder anderen Schiffen Hilfe geleistet werden musste. Beide Situationen trafen später wiederholt an Bord ein. Als Beispiel seien nur zwei Hilfeleistungen hier angeführt.

Am 10. November 1961 fischte „JOHANNES KRÜSS" in der Irischen See zwei britische Segler auf, die schon fünf Tage hilflos und völlig entkräftet im Wasser trieben. Der Trawler nahm ihre Yacht in Schlepp und brachte die Männer samt ihrer Yacht nach Avonmouth.

Am 12. März 1963 setzte das Stader Küstenmotorschiff „JOHANNES L" (498 BRT) einen Hilferuf ab, es trieb vor der norwegischen Küste mit Maschinenschaden. „JOHANNES KRÜSS" schleppte das Schiff nach Stavanger

Diesem Schiff, das vielfältige Hilfe geleistet hat, konnte trotz größter Anstrengungen und tagelanger Suche nicht geholfen werden. Es war die zweitgrößte Katastrophe in der Hochseefischerei seit dem Zweiten Weltkrieg. Die größte: Der Heckfänger „MÜNCHEN" NC 452 der NORDSEE Deutsche Hochseefischerei riss 27 Besatzungsmitglieder 1963 in den Tod.

Quelle: Ch. Biedekarken

Ein Heckfänger soll mein nächstes Schiff werden. Die *Vikingbank*, von der norddeutschen Hochseefischerei. Der Hecktrawler ist 3 Mal größer als ein Seitenfänger und mit den modernen Verarbeitungsmaschinen an Bord, wird der gefangene Fisch gefrostet und eingelagert. Die Heckfänger sind wie kleine Fischfabriken. Da Sie über größere Lagerraumkapazitäten verfügen, bleiben die Schiffe mehrere Monate auf See. Die Arbeitszeit ist angenehmer als auf einem Seitenfänger. Es gibt für uns Fischwerker eine 12/6 Wache. 12 Stunden arbeiten dann 6 Stunden Pause; davon gehen die Zeit für Körperpflege (*nur manchmal*), Essen und das „Sozialleben" drauf.

Zum Lesen von Büchern fehlt entweder die Muße oder die Fähigkeit (*Analphabetismus*). Fernsehen (*Videos unbekannt*) und Radio hören, ist nicht möglich. Es gibt an den Fischfangplätzen unter Neufundland, Grönland und Labrador keine Empfangsmöglichkeit.

Meine Tätigkeit besteht darin, die Fische mit dem Kopf zuerst in die mannshohe Köpfmaschine einzulegen. Am anderen Ende der Verarbeitungsmaschine kommen dann die beiden Filets heraus. Der Kopf und der Rest des Fisches fallen in einen Fischmehlbunker.

Dieses Fischmehl wird getrocknet, gemahlen und später an Landwirte verkauft, die ihre Hühner damit füttern. Wenn das Hühnervolk nur Fischmehl bekommt, was billig im Einkauf ist, schmecken die Hühnchen oft nach Fisch.

Es ist eine monotone und unschöne Tätigkeit. Einmal glaubt ein Jungfischwerker, die Stimmung ein wenig anheben zu können, indem er mich mit Fischköpfen bewirft. Leider kann ich mich nicht dagegen wehren, der Bruno ist ein kräftiger Bauernsohn. Zwar gleichgroß, aber vermutlich stärker als ich. Langsam habe ich die Nase voll von den Wurfgeschossen und seiner ständigen Anrempelei und Pöbelei. Da mir niemand zu Hilfe kommt, es gilt an Bord, jeder ist sich selbst der Nächste, muss ich mir eine List ausdenken. Mittlerweile habe ich bemerkt, dass der Matrose Richard die Handlungen von Bruno gegen mich nicht nur belächelt, sondern den Burschen zu den Hinterhältigkeiten anstachelt. Es ist abzusehen, dass es bald zu einer Schlägerei zwischen uns kommen muss.

Auf jedem Fischdampfer gibt es immer jemanden, der der Stärkste an Bord ist. Entweder wird dies durch eine heftige Auseinandersetzung, meistens kurz nach Auslaufen des Schiffes ausgemacht, oder dem Kräftigen eilt ein entsprechender Ruf voraus. Auf der *Vikingbank* ist zweifelsfrei der Matrose Wolf S., der stärkste. Fast 1,90 Meter groß, schlank und drahtig. Slawische Gesichtszüge und schmale Hüften mit breiten Schultern. Ein Dschingis Khan, wie er im Buche steht. An den traut sich niemand heran. Er ist wortkarg und bespricht mit seiner rauen Stimme nur das Nötigste mit den anderen.

Eines Tages soll ich ihn zum Wachdienst wecken und gehe in seine nicht abgeschlossene Kammer. Türen werden an Bord nie zugesperrt, weil sonst der Mitbewohner nicht in seine Koje kommt. Darum gibt es keine Türschlüssel. Ich rufe Wolf bei seinem Namen. Da er sich nicht bewegt, rüttele ich ihn an seiner nackten Schulter. Das hätte ich besser nicht getan. Sein Körper macht eine schnelle Drehung zu mir herum und seine Hände halten mir eine Schrotflinte vor das Gesicht: *„Fass mich nicht noch mal an. Sonst wirst du zum Nudelsieb!"*

Erschrocken weiche ich zwei Schritte von der Koje zurück und entschuldige mich mehrmals.

„*Raus!*", brüllt er nur, und ich renne zur Tür hinaus.

Später ist mir klar, warum er so heftig auf mein Anfassen reagierte. In der Fischerei, vermutlich wegen der räumlichen Nähe, herrscht eine geradezu hysterische Homophobie. Das Thema ist ein absolutes Tabu auf jedem Schiff. Ich entschuldige mich nochmals bei *Wolf* am nächsten Tag und biete ihm meine Flasche Scharlachberg als Wiedergutmachung an. Mit regungslosem Gesichtsausdruck greift er zu. Kein Wort des Dankes.

Die meisten Crewmitglieder haben ihren Alkoholbestand wenige Tage nach Verlassen des Hafens ausgetrunken und ihre Vorräte sind erschöpft. Also ist meine Buddel, die ich bisher versteckt habe, eine große Versuchung. Dass der *Scharlachberg* mir noch Dienste leisten wird, erkenne ich bereits Stunden später.

„Du Penner hast mir einen Gammelfisch in meinen Spind gelegt!", grölt mich jemand in der Mannschaftsmesse beim Essen an.

Matrose Richard, einer der Kräftigeren an Bord, sitzt neben dem Gröler. Es ist der feixende Bauernjunge.

Dann steht Bruno auf und kommt in drohender Haltung auf mich zu.

„RICHARD!, ruf deinen Fiffi zurück, sonst friere ich ihn im Kühlraum ein!", donnert die Warnung von Wolf. S. durch die Messe.

Alle Anwesenden sind sofort still. Was wird jetzt passieren. Der Bauernjunge sieht verunsichert zu seinem Mentor Richard. Der zeigt nur auf dessen leeren Platz und beschwichtigt: *„Is OK Wolf. Es gibt keine Probleme. Bruno! Hock Dich wieder hin!"*

Ich atme aus. Verdammt das war Glück. Nein, kein Glück. Das war mein neuer Freund, der mir für die Zukunft den hinterhältigen Bruno vom Leibe hält. Seit diesem Vorfall ist Ruhe für mich an Bord und keiner wagt es mehr, mich zu drangsalieren. Niemand. Leider verlässt Wolf am Ende der Fangreise die *Vikingbank*. Ich gehe ebenfalls. Ohne Beschützer traue ich mich nicht mehr auf das Schiff. Schließlich sind Bruno und Richard auch bei der nächsten Reise noch dabei.

Das Leben ist auf einem Heckfänger angenehmer als auf den Seitenfängern. Bei der *Hanseatischen Hochsee-*

fischerei finde ich eine neue Heuer auf dem Hecktrawler *WIEN*, als Fischwerker. Die Reederei ist zwar nicht bekannt für friedliche Besatzungsmitglieder, aber ich werde eines Besseren belehrt. Wir fischen unter Westgrönland und der Bordbetrieb läuft - fast harmonisch ab. Wenn man von Harmonie auf einem Fischdampfer überhaupt sprechen kann. Im Überschwang der Gefühle, es ist bald Weihnachten, melde ich ein Seefunkgespräch nach New York an. Will erneut den Kontakt zu Viola beleben. Ich sitze daher in der Funkerbude und warte auf eine Antwort. Es kommt aber keine. In *New York*, nimmt niemand das Gespräch an. Ich bitte den Funker, ein Funktelegramm an Violas Adresse zu senden, und verlasse enttäuscht die Brücke.

Mit 4 Besatzungsmitgliedern werde ich für den Frostraum eingeteilt. Es herrscht dort unten eine Temperatur von 32 Grad minus. Die schockgefrosteten Platten mit den Fischfilets, die ca. 15 kg wiegen, werden über ein Laufband zu uns durch eine Luke befördert. Wir müssen dann die Fischplatten in einzelne, durch Schotten abgeteilte Kompartements, stapeln. Die Schottenabtrennung ist wichtig, damit bei Seegang die Ladung nicht verrutscht.

196

Während der Arbeit mit den eiskalten Fischplatten verspüre ich starken Harndrang und klettere über die Bordsteigen aus dem Frostraum. Nach dem Toilettengang zieh ich meine wärmende aber aufwendige Isolierbekleidung wieder über. Das dauert.

In dem Kühlraum empfängt mich der Vorarbeiter mit frostiger Miene: *„Wo warst du? Du kannst doch nicht einfach abhauen und uns hier im Stich lassen. Hier wird jeder Mann gebraucht. Wir haben dich nicht zum Fischessen auf die Reise mitgenommen. Hier wird malocht, verstehst du!"*

Kleinlaut rechtfertige ich mich: *„Ich musste aufs Klo."*

„Quatsch mich nicht voll. Das erledigt man vorher. Bevor du in den Frostraum gehst, klar?"

Mein, dick vermummter Kopf nickt und ich haste schnell an meinen Arbeitsplatz.

Tage später, die Sache ist vergessen, sehe ich einen Matrosen in eine Ecke des Frostraums gehen und seine Hose öffnen. Ein dampfender Strahl ergießt sich über die zukünftigen Fischstäbchen. Augenblicklich gefriert der Urin zu einer Kruste. Die Farbe erinnerte mich an das Capri-Eis, das mein Mitschüler Gunter nach jedem Fußballspiel genüsslich schleckte. Der Vorarbeiter lacht nur, als er das sieht. Seitdem mag ich keine Fischstäbchen mehr -- und auch kein Capri-Eis.

Wochen später, an einem Seemannssonntag (*immer donnerstags*). Es gibt gelbes Zitronensorbet zum Nachtisch, hält es mich nicht länger bei den anderen in der Messe. Also gehe ich runter in das Fischdeck zurück. Dorthin wo die, bis an die Decke reichenden Verarbeitungsmaschinen stehen. Niemand ist außer mir da. Ich höre ein heftiges Atmen hinter einer Filettiermaschine. Vorsichtig taste ich mich an die Maschinenseite vor, um zu schauen, ob jemand möglicherweise verletzt ist. Was ich sehe, kann ich kaum glauben.

Ein Matrose, es ist der bärtige Analphabet Behrmann, hält mit beiden Händen einen toten Rochen vor seine geöffnete Hose und penetriert den Fisch. Mir wird übel und ich renne zum Kotzen auf das offene Deck.

Nach dieser Reise suche ich mir erneut einen anderen Fischdampfer. Ich habe die Hoffnung auf etwas Normalität nicht aufgegeben. Aber vielleicht sind diese Zustände in der Branche ja normal? Ich hoffe es nicht und suche weiter. Auf dem nächsten Schiff, der *Norder-bank*, sind die Zustände am schlimmsten. Eine Freundin von mir wird in meiner Anwesenheit von zwei Matrosen vergewaltigt, während ich geschlagen und eingesperrt alles mitbekommen muss.

Wieder an Land lese ich in der Zeitung. Ein mir bekannter Matrose, schlug auf einem deutschen Fischdampfer vor Afrika einen Maschinisten in seiner Koje mit einer Eisenstange tot. Da ist das Thema Seefahrt für mich endgültig erledigt. Ich mag nicht mehr. Mein Glaube, die Menschen seien im Gegensatz zu Tieren klug und sozial, ist erschüttert.

Von der Seefahrerei ist Knut im Jahre 1971 erst einmal bedient. Er muss als Ungelernter jeden Drecksjob annehmen, der ihm an Land angeboten wird. Es herrscht Dezemberkälte und er steht mit Sommerschuhen in einem windigen Schiffstrockendock. Über ihm türmt sich ein Heringskutter mit Seepocken bewachsenem Unterbodenschiff. Der Spachtel an der 10 Meter langen Bambusstange, mit der Knut das Schiff von dem Bewuchs reinigt, ist schwer zu handhaben. Das eiskalte stinkende Seewasser läuft an der hochgehaltenen Bambusstange herunter in seine Ärmel.

Die abgeschabten Muscheln fallen ihm in das Gesicht und in die ungeschützten Augen. Knut friert und der Gedanke an die lausige Bezahlung für die Fronarbeit macht ihn wütend. Da fällt ihm eine Muschel direkt in das Gesicht. Er verflucht die Schinderei und schmeißt die Stange zu Boden.

Der Vorarbeiter kommt in das Dock: *„Was´ n los, warum machst du nicht weiter?"*

Knut: *„Hab´ grade ´nen Muschelsplitter ins Auge bekommen."*

200

„Spül' das in der Waschkaue aus und dann wieder an die Arbeit, sonst werden wir nie fertig. Der Scheißkutter hat bereits zu viel Zeit gekostet. Der Alte meckert schon, dass er nichts an dem Auftrag verdient", mault der Vorarbeiter und blickte vorwurfsvoll an dem Schiffsrumpf hoch.

Knut sieht ebenfalls nach oben und entziffert mühsam den Schiffsnamen an der Bordwand. Dort steht in steifen Lettern der Name des Fischkutters; wegen des Rostes kaum lesbar. Unwillkürlich kommt ihm die Nordseeinsel Norderney in den Sinn und das, was ihm dort vor vielen Jahren Erinnerungswürdiges geschehen ist.

Ich seh' sie wieder vor mir. Die bezaubernde junge Frau. Es war an einem Oktoberabend, als ich mich traute sie am verlassenen Abendstrand anzusprechen. An den Tagen zuvor hatte ich sie verstohlen, wann immer sich mir die Möglichkeit bot, aus der Ferne beobachtet. Junge Männer suchten ihre Nähe und ich träumte mich an die Stelle jener, mit denen sie sprach. Es überkam mich der unbändige Wunsch, einmal mit ihr alleine zu sein. Selbst über wenige Minuten wäre ich schon glücklich. Ein Gespräch, vielleicht ein, nur mir zugewandtes Lächeln. An mehr wagte ich nicht zu denken.

War sie hübsch? Ich versuchte, mich zu erinnern, warum sie mich so faszinierte. Ja sie war bezaubernd - sehr sogar. Aber das war es nicht, was mich in ihren Bann zog. Auch nicht die fein modellierten Gesichtszüge, die volle Haarpracht oder ihre grazil anmutige Figur. Nein auch dies war es nicht, was sie so anziehend für mich machte.

Eines Tages wurde mein Traum erhört! Ich würde mit ihr sprechen können. An dem Abend, an dem ich ihr zufällig begegnete oder welche Macht es auch immer veranlasste, dass unsere Wege sich kreuzten. An jenem Strand. Ich nahm all meinen Mut zusammen und sprach sie an.

„Was für ein bezaubernder Oktoberabend."

„Ja, ein sehr schöner Abend", erwiderte sie und lächelte mich dabei an.

Dann Ruhe. Nur das Meer rauschte leise, als wollte es uns nicht stören. Unausgesprochen lenkten wir die

Schritte in dieselbe Richtung. Obwohl wir uns nahe waren, sprachen wir nicht miteinander. Dabei hatte ich mir doch dieses Nähe so gewünscht. Aber ich traute mich nicht, die Stille zu stören. Nur der Meeresbrandung war es gestattet, in brausenden Intervallen Algen und Muscheln an den Strand zu werfen. Über eine Stunde wanderten wir schweigend an dem Meeressaum nebeneinander her. Und aus dem Nebeneinander wurde ein unausgesprochenes Miteinander.

Betrübt merkte ich, dass wir uns der Pension näherten, in der sie wohnt. Aber was nun? Ihre Freundin, mit der sie das Zimmer teilt, hatte den Schlüssel mitgenommen und war, entgegen der Abmachung, noch nicht da. Ich wagte kaum, mich daran zu erinnern, was ich damals dachte.

„Ich kann dir, ich meine, wenn du willst, aber vielleicht hast du ja ...," stotterte ich hilflos. Sie sah mich mit ihren dunklen Augen an.

„Na ja, du kannst doch nicht auf der Straße schlafen. Wer weiß, wann deine Freundin nach Hause kommt. Ich biete dir mein Bett an. Natürlich nur für dich, nicht dass du mich missverstehst, ich bin nicht so ...."

Sie legte mir eine Hand auf den Mund, sodass ich keinen weiteren Unsinn mehr von mir geben konnte. Dabei schaute sie mich abwägend an und ergriff meinen Arm. Eine nie gekannte unbeschreibliche Freude überkam mich. Es waren nur wenige Minuten bis zu meiner Unterkunft. Ich erschrak, als mir einfiel, welch erbärmliche Behausung ich ihr anbieten würde.

Aus Kostengründen hatte ich diese höchstens zwölf Quadratmeter kleine und schräge Dachkammer von einer Restaurantwirtin angemietet. Eine Abstellkammer mit einem Bett, einem Schrank und einem alten Kofferradio. Mehr gab es nicht. Ich schämte mich. Wie würde das auf sie wirken. Außerdem hatte ich nur ein Bett.

„Es tut mir leid, aber du siehst ...", wieder spürte ich ihre Hand auf meinem Mund und verstummte.

Wie die selbstverständlichste Sache der Welt legte sie ihre Kleidung ab und ich starrte sie dabei an. Wie anmutig sie sich bewegte. Das sah ich selbst in der Dunkelheit.

„Komm, es ist spät, wir wollen schlafen", sagte mit einer so großen Natürlichkeit diese junge Frau, von der ich noch nicht einmal ihren Namen kannte. Und nun lag ich neben Ihr - unbekleidet. Unsere Arme berührten sich. Es war wie ein Feuer. Sollte ich mich ihr jetzt nähern? Aber was, wenn sie wirklich nur müde war.

Andererseits -- eine Frau geht doch nicht ohne Hintergedanken mit einem fremden Mann ins Bett. Ich wusste nicht ein noch aus. Nie in meinem Leben war ich mir so unbeholfen vorgekommen. Ein Traum hatte sich für mich erfüllt und ich lag mit diesem Traum in meinem Bett und war nur verwirrt und gehemmt.

Sie spürte meine Unruhe, meine Verlegenheit und drückte sich mit einem Seufzer näher an mich. Ich fühlte ihre samtene Haut, ihre Formen. Ich lauschte ihren Atemzügen und -- schlief ein.

Am nächsten Morgen lag ich allein in meinem Bett. Im Staub des Kofferradios war ein Wort geschrieben: „Danke."

Ich habe diese faszinierende junge Frau nur im Arm gehabt und es war mir mehr, als ich vielleicht hätte haben können. Nie mehr im Leben habe ich sie wiedergesehen. Aber manchmal, noch nach Jahrzehnten, sehe ich sie wieder vor mir. Und nun erinnerte ich auch, was mich an dieser Frau so faszinierte. Es waren ihre Augen. Augen, die lachen konnten. Die Augen von Marita.

Gegenseitige Zuneigung unter Menschen kann ein großes Glück sein. Viele Menschen sind aber nur glücklich, wenn sie viel Geld besitzen. Manche beteiligen sich daher am Glücksspiel. Jan Dörberg, der Wirt der *Schwalbe*, war so ein Mensch. Knut hatte schon als 6-jähriger Junge den ersten Kontakt zu der Gaststätte. Seine Mutter lud ihn damals mit der Oma in diese Hafenkneipe ein. Die Wohnung der Mutter war zwar nur 300 Meter entfernt, aber Elke bestand auf diesen Treffpunkt, da sie sonst nicht zu Hause anzutreffen ist.

Oma Anna öffnet die Kneipentür mit gemischten Gefühlen. An der Theke sitzen drei Männer und ihre Tochter, die Mutter von Knut. Gerade kreischt sie anzüglich und bemerkt die Eintretenden nicht. Die Wirtin muss sie darauf aufmerksam machen, dass ihre Mutter mit dem Enkel eingetroffen ist.

Da erst ruft Elke zu ihr herüber: *„Hallo Mama, ich komme gleich.“*

Ihren Sohn Knut scheint sie nicht zu bemerken, obwohl er direkt neben seiner Oma sitzt. Elke schwebt an den schmuddeligen Tisch und drückt ihrer Mutter einen flüchtigen Kuss auf die Wange. Kaum dass sie an dem

Tisch ankommt, dreht sie sich bereits um und ruft den angetrunkenen Männern an der Theke zu: *„Ich bin ja gleich wieder bei euch."*

Elke wischt ihrem Sohn Knut über den Kopf und schon entschwindet sie wieder zum Knobeln an ihren Thekenplatz. Die Oma trinkt ihren Kaffee und der Junge seine warme Limonade. Dann verlassen sie unbemerkt die Kneipe. Die Oma schaut traurig drein, als sie mit ihrem Enkel an der Hand den klapprigen Linienbus nach Hause besteigen.

Das Lokal habe ich schwach in Erinnerung, als ich mit 22 Jahren erneut diese Kneipe betrete. In den nächsten Wochen bin ich dort öfter zu Gast. Einer von wenigen, der aufmerksam dem Wirt Jan Dörberg bei seinen Fußballtipps zuhört. Der hat einen Riecher, wie die Spiele am Samstag ausgehen. Und er gewinnt regelmäßig; auch größere Summen. Meine Mutter erzählte mir, dass Jan das Geld für den Bau seines mehrstöckigen Haus mit dem Lokal *Schwalbe* im Parterre, vor vielen Jahren mit seinen Gewinnen im Fußballtoto finanzierte. Donnerwetter das imponiert mir. Nachdem Jan Vertrauen zu mir fand, weiht er mich in die Fußballlogik ein und vertraut mir manche Geschichten an.

Als Gewerbetreibender gab er eine Steuererklärung beim Finanzamt ab. Eines Tages fragt der zuständige Beamte ihn, wovon er seinen Lebensunterhalt bestreitet; denn seine Umsätze aus dem Lokal *Schwalbe* geben das nicht her.

Darauf antwortet Dörberg mit treuherzigem Blick: *„Von den Gewinnen im Fußballtoto."*

Der Beamte schaut ihn überrascht und dann nur mitleidig an: *„Ja sicher Herr Dörberg. Ihre Familie ernähren* *sie mit dem Glücksspiel. Ist es nicht eher so, dass sie ab und zu Umsätze vergessen zu melden?"*

„Niemals. Wie können sie nur so etwas von mir denken? Ich melde alle Umsätze dem Finanzamt."

„Herr Dörberg, sie müssen mit einer Betriebsprüfung rechnen. Es sei denn, Sie bringen Beweise für ihre Behauptung!"

„Gut mache ich. Morgen bin ich wieder da", verabschiedet sich Jan D. von dem Beamten.

Am nächsten Tag steht der Gastwirt wieder vor ihm. Öffnet seine abgewetzte Aktentasche und holt einen prall gefüllten braunen DIN A4-Umschlag heraus. Bevor der Beamte etwas sagen kann, schüttet Dörberg den Inhalt auf den Schreibtisch. Weit über hundert Zahlungsbelege fallen heraus. Es sind Beträge von 12 bis zu mehreren tausend Mark auf den Abschnitten eingetragen. Absender ist die LOTTO und TOTO-Gesellschaft. Und der Empfänger: Herr Jan Dörberg. Nachdem der Beamte seine Fassung wiedergefunden hat, beginnt er eifrig die Daten der Überweisungsabschnitte aufzuschreiben und die Summen zu addieren. Nach wenigen Belegen beendet er die

Prozedur: „*Zwecklos solch ein Aufwand. Ich glaube ihnen das jetzt. Donnerwetter Herr Dörberg, das hätte ich nicht gedacht. Sie Glückspilz. Ich mache mir ein paar Notizen in Ihrer Akte, dann sind wir fertig. Einige Überweisungsträger werde ich für meinen Vorgesetzten dabehalten!*"

„*Kein Problem,*" erwidert der Steuerpflichtige generös und sammelt den Rest wieder ein.

An der Tür hält ihn der Beamte nochmals zurück: „*Ach noch was, Herr Dörberg. Die Gewinne sind natürlich steuerfrei. Für ein Jahr. Und das mit der Betriebsprüfung hat sich erledigt.*"

Am nächsten Abend kann der Wirt der *Schwalbe* einen neuen Gast begrüßen. Dörberg zu dem Neuen: *„Guten Abend Herr Hechelt. Ist dies jetzt eine Betriebsprüfung?"*

Der Angesprochene läuft rot an: *„Nein, ich hatte in der Nähe zu tun. Da wollte ich, als Privatmensch sozusagen, ein Feierabendbier trinken."*

„Na, dann zapf ich ihnen mal was – zur Abwechslung. Sonst zapft ihr mich ja immer an, haha."

Der Finanzbeamte lächelt gequält und räuspert sich: *„Im Vertrauen Herr Dörberg. Kann das jeder? Ich meine einfach so mal im Fußballtoto gewinnen?"*

„Nee mein Lieber, leicht geht das eben nicht. Man muss schon den richtigen Riecher dafür haben," und dabei fasst sich Dörberg an seine Nase, *„Und etwas Glück gehört natürlich auch dazu."*

„Als Experte könnten Sie doch ein Buch darüber schreiben und viel Geld damit verdienen."

„Lieber Herr Hechelt, als Autor verdient man nicht viel Geld mit dem Schreiben von Büchern. Das sind nur Pfennige pro

Buch. Das solltet Ihr beim Finanzamt doch am besten wissen. Außerdem würde dann der Gewinntopf beim Fußballtoto durch mehrere Gewinner geteilt werden und mein Anteil wäre deutlich geringer. Ich bin doch nicht blöd oder Beamter", wird Dörberg immer lauter und lacht dabei.

„PST nicht so laut, bitte Herr Dörberg. Ich bin privat hier", nuschelt Hechelt und wirft dem Wirt einen verzweifelten Blick zu und nickt dabei linkisch in die Richtung der wenigen anderen Gäste.

Ergo erfahren weder Hechelt, der nach ergebnislosen Besuchen diese in der *Schwalbe* einstellt, noch irgendein anderer die Tipps des Totokönigs, wie ihn nur wenig Eingeweihte nennen dürfen.

Eines Tages bitte ich Wirt Jan um seine Mithilfe. Es gibt eine neue Pferdewette und ich will für 20 Mark einen Systemschein spielen.

„Mensch Knut. Ich kenne mich doch nicht mit Pferden aus", gibt er mir zu verstehen.

„Jan bitte, du hast ein Händchen für so etwas. Ich gebe dir auch 10 % vom Gewinn ab!"

„Na ja ich kann es probieren -- gib mir mal den Zettel mit den Startlisten."

Ich gebe ihm den Wettzettel und setze mich wieder an meinen Tisch, denn Jan muss seine Ruhe beim Tippen haben. Da darf ihn niemand stören. Selbst seine Frau mit frischem Kaffee schickt er unwirsch weg. Ein unaufschiebbares Bedürfnis zwingt mich, aufzustehen, und den Gang zur Toilette zu beschreiten. Dabei muss ich am Tisch von Jan vorbei und sehe ihm über die Schulter.

„Du hast ja das Pferd Numero 3 schon bei der A-Wette gesetzt und nun auch noch bei der B-Wette. Glaubst du, das wird was?"

„Warum nicht, es gibt ja auch den Kombigewinn; steht hier jedenfalls. Aber wenn du willst, nehme ich ein anderes Pferd".

„Ja Jan, mach das bitte."

Ich suche die Toilette auf und vergesse alle Pferde dieser Welt. Am Nachmittag gebe ich den Tippschein in der nächsten Annahmestelle ab und fahre mit dem Bus nach Hause.

Samstag Nachmittag sitze ich vor dem Radio und höre die Sportnachrichten. Dann werden die Gewinnzahlen für Toto und die Pferdewette durchgegeben. Hurra, ich habe gewonnen. Immerhin etwas über 3.000 DM. Davon kriegt Jan seinen Anteil von 300 gleich am Mittwoch ab.

In der Gaststättentür rufe ich überschwenglich dem Wirt zu: *„Hier siehst du einen Gewinnertyp. Deine Beute habe ich dir auch gleich mitgebracht."*

„Gewinner? Du bist ein Verlierer. Ein Klugscheißer bist du!", empfängt mich Jan und zeigt mir die Kopie unserer Zahlen, die er am Freitag getippt hat. *„Da schau, es fehlt nur das Pferd 3 in der B-Wette. Dass ich ja unbedingt rausnehmen sollte, weil ich das Pferd bereits in der A-Wette angekreuzt hatte. Du wärst der einzige Gewinner in der Kombiwette gewesen, wenn ich die 3 nicht ausgetauscht hätte!"*

Entsetzt schaue ich Jan Dörberg an. Mir wird schwummerig und ich suche am Dienstag die Gewinnquoten in der Tageszeitung raus. Dort steht zu lesen: Kombiwette = kein Gewinn, Gewinnsumme mit 365.000 Mark verbleibt im Jackpot. Wie in Zeitlupe entgleitet mir die Zeitung aus den Händen. Mein Toilettengang hat mich um ein Vermögen gebracht. Wäre ich bloß sitzen geblieben und hätte mir lieber in die Hosen gemacht, anstatt Jan in die Quere zu kommen.

Kein Schiff - keine Arbeit - kein Geld. Die letzten Märker sind in 1972 aufgebraucht. Ich habe bei meinem Onkel Egon Unterschlupf gefunden. Dessen gemietetes Einfamilienhaus liegt direkt am Deich. Vom Dachbodenfenster gibt es einen weiten Blick auf die ein- und auslaufenden Schiffe.

Beim Rausschauen packt mich immer das Fernweh. Zur Ablenkung meiner Gedanken nehme ich mehrmals täglich die Schäferhündin Anka an die Leine und gehe mit ihr am Wasser spazieren.

Nun lebe ich bereits ein viertel Jahr auf Kosten meines Onkels und seiner Frau Itti in ihrem Haushalt. Sie haben schon angedeutet, dass dieser Zustand nicht auf Dauer währen kann. Schließlich müssen sie auch ihre zwei halbwüchsigen Kinder ernähren. Mein Onkel arbeitet als Heizer bei der Hafenschleuse, die mit Dampfdruck betrieben wird. Da kommt er manchmal mit pechschwarzem Gesicht nach Hause und bringt ein paar Steinkohlebrocken in seinem alten Borgward Hansa mit. Ausreichend Heizmaterial kann er sich nicht kaufen, da die Miete für das Haus hoch und das Geld knapp ist.

Eines Tages ist es so weit. Nach einem Streit verstaue ich meine wenigen Habseligkeiten in den Seesack und gehe. Nur weiß ich nicht wohin. Ich bin obdachlos. Dabei fällt mir mein ehemaliger Lehrer wieder ein. Hatte er doch recht mit seiner Prophezeiung, ich würde als Krimineller oder Obdachloser enden? Mich fröstelt. Es ist Winter und dunkel dazu; an diesem Sonntagabend. Nach einer halben Stunde Fußweg stehe ich vor einer Werft mitten im Fischereihafen. Der Seesack drückt in meinen Rücken und ich mag nicht weitergehen. Vielleicht kann ich hier? Ich schaue mich um. Niemand ist zu sehen und es arbeitet auch kein Mensch zu dieser Zeit auf der Werft.

Ein Loch im Zaun lädt mich geradezu ein. Schon stehe ich vor der Gangway, die zu einem Fischdampfer führt. *Haltenbank* heißt der Seitenfänger. Auf dem Seelenverkäufer bin ich auch einmal gefahren. Ich erinnere mich noch an die Mannschaftsmesse. Dort angekommen reiße ich die Versorgungsschränkchen auf der Suche nach etwas Essbarem auf. Es sind 20 Fächer an der Zahl. Jeweils kaum größer als ein Waschmittelpaket. Leider sind sie leer. Halt - bis auf das Vorletzte - eine dicke Scheibe Schwarzbrot lacht mich an. Sie hat eine Wellenform angenommen und ist trocken

218

und steinhart. Brotschmiere würde es genießbar machen. Aber woher nehmen? Alles ausgeräumt. Foerster du Trollo -- hinter dem fünften Türchen hast du ein angebrochenes Glas Erdbeermarmelade gesehen. Die liebe ich. Meine Oma hat nie Geld dafür gehabt und hier an Board gibt es sie umsonst. Doch der Deckel geht nicht auf. Welche Kraft ist es, die mich von dieser Köstlichkeit abhalten will? Bei der Anstrengung, das Glas zu öffnen, nimmt mein Gesicht die Farbe der Marmelade an, die sich mir jetzt endlich darbietet.

Aber in was für einem Zustand! Eine dicke Schimmel-schicht hat sich über das Ganze hergemacht. Angeekelt stelle ich das Glas zu Seite. Da meldet sich mein Magen. Dummkopf; schöpfe doch nur den Schimmel ab und du kannst die süße Frucht genießen. Genau so mache ich es dann. Nie habe ich ein köstlicheres Marmeladenbrot gegessen. Zufrieden rolle ich mich anschließend in eine Koje, in der altes Bettzeug herum-liegt. Das stinkt zwar unerträglich, aber es wärmt.

Laute Rufe auf dem Werftgelände lassen mich hoch-schrecken. Schnell schnappe ich meinen Seesack und türme über die Gangway. Dabei murmel ich einen Gruß an die vorbeiziehenden Werftarbeiter, die mich für ein Besatzungsmitglied des Schiffes halten. Mit der Gewissheit, dass dies in den nächsten Nächten das zu Hause für mich sein wird, gehe ich erhobenen Hauptes, frech wie Oskar, durch das Werfttor. Nun bin ich nicht mehr obdachlos!

Das geliehene Motorrad hat noch Sprit im Tank. Also auf ins Cally, der Szenekneipe in 1973. Der Fahrtwind nimmt mir fast den Atem und peitscht mir in die ungeschützten Augen. Mit 150 Sachen rase ich über die Landstraße. Ohne Helm fliegen mir meine schulterlangen Haare ins Gesicht und erst Jahre später wird mir bewusst, wie leichtsinnig ich seinerzeit gehandelt habe. Fahren ohne Schutzbrille und Helm. Eine Helmpflicht gab es damals noch nicht und eine Schutzbrille sah einfach scheiße aus. Schließlich war ich ein cooler Typ. Nach 20 Minuten sind die Strecke und ich geschafft. Maschine abstellen und rein in die Bude.

Im Eingang pralle ich fast mit dem Macker zusammen, der mich jedes Mal von der Seite anquatscht, wenn ich ihm zufällig begegne. Nur zu gerne würde ich ihm das Maul stopfen, aber leider ist er immer in Begleitung seines Freundes Manne. Und der ist nicht nur sehr kräftig, sondern auch stadtbekannt.

„Na hat Mutti ihn wieder fein gemacht; den Silberpfeil?", spielt der Blödmann auf meine Motorradkluft an und grient dabei bis zu seinen großen abstehenden Ohren.

Ich gehe wortlos an ihm vorbei durch die Eingangstür und höre den Manne zu dem Blödmann sagen: *„Ole, lass doch den Typ. Der tut dir doch nichts."*

An der Theke suche ich mir einen Platz und bestelle bei *Cally* ein Bier. Neben meinem Platz liegt ein Ringfinger auf der Theke. Mit einem blauen Ring; so groß wie ein Golfball. Die Hand mit dem Ring führt ein Weinglas zum Mund. Mein Blick folgt dem Glas zu dem Gesicht und -- Donnerwetter ist die hübsch.

Ich nehme meinen Mut zusammen und höre mich sagen: *„Irre, dein Ring. Groß wie ein Golfball. Sowas hab´ ich noch nie gesehen."*

„Schick was? Den habe ich von meiner Tante aus Amerika."

„Amerika? Da komm´ ich gerade her, lüge ich."

„Tatsächlich? Bist du Seemann?"

„Ja, Steward. In der ersten Klasse auf der TS Bremen."

„Und. Wie sind die Staaten so?"

„Komm, ich lad dich ein. Da kann ich dir alles erzählen. Um die Ecke gibts ´n Steakhaus."

Pier 77 heißt die Kneipe und ich bestelle zwei leckere Steaks von meinem wenigen Geld. Belinde ist noch klüger als hübsch. Das kann ich während unseres Gespräches feststellen. Ich bedaure, dass ich morgen früh nach Hamburg aufbreche und sie wohl nicht wiedersehen werde. Der Kneipenbesuch endet und ich fahre sie mit meinem Motorrad nach Hause. Da fragt sie mich beim Absteigen, ob ich noch auf einen Tee mit zu ihr hochkommen will. Ich brauche nur kurz überlegen. *„Danke für das Angebot. Nein, ich muss sehr früh aufstehen, es ist schon 4 Uhr morgens und ich will nachher nach Hamburg fahren."*

„Schade - kommst du denn wenigstens vorher noch vorbei und sagst Tschüss?"

„OK mach ich, wenn ich es zeitlich schaffe - ciao."

Sie umarmt mich und flüstert Ihren Namen: *„In der ersten Etage klingeln- bis morgen dann."*

Am Vormittag gegen 11 Uhr betrete ich das besagte Treppenhaus und klingel an der Wohnungstür. Die Tür öffnet sich und es erscheint - der Macker! Der, der bei jeder Gelegenheit pöbelt. Grad will ich mich abwenden, sagt er freundlich: *„Du möchtest zu meiner Schwester? Komm´ rein."*

Auch das noch. Der Kerl ist der Bruder von der Hübschen. Ich gehe in den Wohnraum und werde mit Hallo von der Freundin des Blödmanns begrüßt. *Belinde* sitzt auf der Erde neben einer mannshohen Topfpflanze und schlürft heißen Tee. Sie sieht mich und errötet: *„Schön, dass du noch gekommen bist. Magst du einen Brennnesseltee?"*

Warum nicht denke ich und hoffe, mich nicht an den Nesseln zu verbrennen. Ich esse eine Portion Bratkartoffel und trinke einen klaren Schnaps hinterher.

„So, wir können. Ich bin fertig", höre ich Belinde sagen.

„*Wie - was?*", frage ich erstaunt.

Mit einer dünnen Jacke und einer kleinen Reisetasche steht Belinde vor mir: „*Wir können fahren, ich bin fertig!*"

„*Wie fahren? Wohin willst du?*"

„*Na ich fahre mit dir nach Hamburg*", strahlt sie mich an.

„*Danke für das Vertrauen, aber das geht nicht!*"

„*Warum denn nicht, es ist doch alles ganz einfach.*"

„*Mädchen ich habe noch 50 Mark in der Tasche, das Motorrad ist noch nicht bezahlt und ich weiß nicht einmal, ob ich in Hamburg Arbeit finde. Ganz zu schweigen von einer Übernachtungsmöglichkeit!*"

„*Ich liebe Abenteuer. Lass uns fahren*", gibt sie nur lächelnd zur Antwort.

Überrumpelt, wir stehen mittlerweile im Treppenhaus, gebe ich zu bedenken, dass ich nicht für Sie sorgen kann. Meine Finanzen reichen nicht einmal für mich. Sie geht darauf nicht ein und setzt sich einfach auf das geparkte Motorrad. Ich werde wütend (*Nicht wirklich*) und starte die Maschine.

„Wenn du nur einmal während der Fahrt meckerst, dass es dir zu kalt ist, oder dass du Hunger oder Durst hast, setze ich dich stumpf an der nächsten Ecke ab!", drohe ich Ihr.

Dabei habe ich ein unbekanntes Gefühl in der Magengegend. Irgendwie freue ich mich, dass sie einfach so mit mir kommt. Entweder ist sie naiv oder ich wirke vertrauenserweckend. Egal, meine Freude wächst. Das werde ich mir aber nicht anmerken lassen. Womöglich bestimmt sie sonst noch, wo es lang geht.

Nach einer Stunde Fahrt auf der Landstraße habe ich die Befürchtung, dass sie auf dem Sozius hinter mir eingefroren ist. Den Bundeswehrparka mag sie nicht überziehen, obwohl es nur 3 Grad über null sind, und der Fahrtwind zusätzlich kühlt. An einer kleinen Dorftankstelle kommt uns der Tankwart entgegen und schaut mitleidig auf meine Beifahrerin.

„Mädel, du hast ja fast nichts an, 'ne Jeans und Halbschuhe im November auf 'nem Motorrad. Komm´ mal rein, ich habe 'nen heißen Ofen zum Auftauen", bietet er ihr an.

Sie hatte Ähnlichkeit mit dem zu Eis gefrorenen Yoyneh Shagal, aus dem Film *Tanz der Vampire*. Sie sitzt da zusammengefaltet vor dem Kanonenofen und bibbert. Mir tut Belinde leid und ich schimpfe und zwinge sie, endlich den Parker überzuziehen. Kleinlaut gibt sie nach. Auch gegen einen Ersatzhelm hat sie nichts mehr einzuwenden.

Am späten Nachmittag kommen wir bei einem größeren, schäbig aussehenden Hotel auf der Reeperbahn an. Das Doppelzimmer kostet im *TOURAST* 23 Mark. Ich bezahle für eine Nacht und nehme mir vor, gleich am nächsten Morgen in den Hafen zu fahren und nach Arbeit zu fragen. *Belinde* drückt mich an sich und bedankt sich dafür, dass ich sie mitgenommen habe. Von den übrig gebliebenen 4 Mark lade ich meine neue Freundin zu einer Frikadelle auf der Reeperbahn ein.

Eine Woche wohnen wir bereits in dem Hotel. Ich habe keine Zeit nach einer Wohnung zu suchen, da ich manchmal 2 Schichten (*16 Stunden*) hintereinander im Hafen absolviere. Mit nur einer Schicht, gleich 26 Mark, reicht es nicht, einmal zum Essen kaufen. Belinde kann auch keine neue Behausung suchen, da wir ohne Geld für Busse und Bahnen oder Motorrad-benzin sind. Auf Dauer können wir unsere Übernach-tungen in diesem Hotel nicht mehr finanzieren. Da wird auch noch eine Ölkrise von der Politik ausgeru-fen. Wir müssen zusätzlich pro Tag und Person fünfzig Pfennig, als Heizkostenzuschlag für das Hotelzimmer bezahlen. Trotzdem wird es nicht ausreichend beheizt und das Zimmer hat nur 16 Grad. Oftmals sitzt Belinde zitternd auf dem Gussheizkörper, wenn ich von der Schicht komme.

Der ntv- TV Sender berichtet:

Die Ölkrise und Deutschland ist autofrei
Gähnende Leere auf den Autobahnen:
1973 galt erstmals ein bundesweites Fahrverbot.

Gähnende Leere, und ungewöhnliche Stille herrschte am 25. November 1973 auf den Straßen und Autobahnen der Bundesrepublik Deutschland. Erstmals in der Geschichte des Landes galt ein bundesweites Fahrverbot. Ausnahmegenehmigungen erhielten fast nur Polizisten und Ärzte - die meisten der rund 13 Millionen Autobesitzer mussten ihre Wagen stehen lassen.

Den Sonntagsausflug nutzten viele zum Spaziergang auf den leeren Fahrbahnen, andere holten die Fahrräder aus dem Keller oder stiegen auf öffentliche Verkehrsmittel um. Für die meisten war es einfach ein ungewohnter Spaß, ein Gefühl von Freiheit, genüsslich über sonst viel befahrene Straßen zu bummeln oder zu radeln.

Wenige Tage zuvor hatte die SPD/FDP-Bundesregierung in einem „Energiesicherungsgesetz" drastische Sparmaßnahmen angeordnet, für vier Sonntage im

228

November und Dezember ein Fahrverbot erlassen und Tempolimits verhängt. Ursache war das Embargo der Organisation der Erdöl exportierenden Staaten (OPEC) vom 17. Oktober 1973. Die arabischen Staaten wollten mit einer Drosselung ihrer Exporte die meist pro-israelisch eingestellten westlichen Staaten zwingen, im Jom-Kippur-Krieg Ägyptens und Syriens gegen Israel Position für die arabische Seite zu beziehen. „Diese Waffe erzeugt ihre Wirkung schon durch die bloße Vorstellung der Wirkung, die sie erzeugen könnte", kommentierte damals die „Neue Zürcher Zeitung".

Das Fahrverbot wurde genau kontrolliert. Die Zahl der Verstöße hielt sich in Grenzen. Das Fahrverbot und die Geschwindigkeitsbegrenzungen wurden in der Regel „peinlich genau beachtet", stellte die Polizei fest. In Niedersachsen wurden bei 10.000 Kontrollen nur 174 Verstöße registriert. Auch die Ausnahmegenehmigungen seien zu 98 Prozent anerkannt worden. Pech hatte hingegen eine Heiratsvermittlerin in Baden-Württemberg, die mit einer Ausnahmegenehmigung ihres Arbeitgebers zur „Kundenbetreuung" im Bodensee-Raum unterwegs war. Sie wurde von der Polizei erwischt und aus dem Verkehr gezogen.

Die meist friedliche Stimmung an den vier autofreien Sonntagen im Jahr 1973 täuschte aber über die bangen Gefühle vieler Menschen hinweg. Zeitungen und Zeitschriften malten eine düstere Zukunft: Begriffe wie „Ölangst" oder „Energiekrise" bestimmten das Tagesgeschehen und so manche Bundesbürger sahen den gerade mühsam erarbeiteten Wohlstand in Gefahr. Ihnen wurde schlagartig bewusst, dass die globalen Energiereserven nicht unerschöpflich waren.

Der Druck, den die OPEC-Staaten erzeugt hatten, zeigte schon bald die von ihnen angestrebte Wirkung. Anfang November 1973 forderten die Außenminister der Europäischen Gemeinschaft (EG) Israel auf, die seit dem Sechs-Tage-Krieg von 1967 besetzten Gebiete zu räumen. Im Dezember lockerte die OPEC ihre Abgabebeschränkungen. Allerdings blieb Rohöl auch nach der Entspannung der Lage teuer. Ende 1973 hatte sich der Preis pro Barrel (159 Liter) vervierfacht.

Die Auswirkungen der Ölkrise auf die Wirtschaft in Westeuropa waren verheerend. Die Konjunktur stürzte ab. Die Bundesrepublik musste 1974 für Erdölimporte knapp 23 Milliarden Mark (rund 12 Milliarden Euro) ausgeben - fast 153 Prozent mehr als 1973. Die Arbeitslosigkeit stieg von 273.000 im Jahr 1973 auf mehr als eine Million zwei Jahre später. In der Autoindustrie sank die Produktion um 18 Prozent. Profitieren konnten die Fahrradhersteller: Sie steigerten ihren Absatz um 24 Prozent. Auch wenn sich die ökonomische Situation in den folgenden Jahren besserte, so hatte die erste Ölkrise den großen Industrienationen dennoch deutlich ihre Abhängigkeit von den Ölimporten vor Augen geführt. Politikern und Bürgern wurde aber auch bewusst, dass die Zeit des Wirtschaftswunders vorbei war.

Um die Abhängigkeit vom Erdöl zu verringern, begann nach 1973 in vielen Staaten die Suche nach alternativen Energiequellen wie Solar-, Wind- und Atomenergie. Noch im Dezember 1973 verabschiedete die Bundesregierung ein Sechs-Milliarden-Mark-Programm für den Bau und die Planung von 40 Kernkraftwerken. Der Ölpreisschock von 1973 trug aber auch wesentlich dazu bei, dass in vielen Industrienationen eine Diskussion angestoßen wurde, wie Ressourcen geschont werden können. Möglichkeiten zum Energiesparen in vielen Bereichen wurden seitdem entwickelt und verbessert.

Vier Monate nach dem Fahrverbot von November 1973 galt in Deutschland wieder der Grundsatz: „Freie Fahrt für freie Bürger". Das Tempolimit von 100 km/h auf Autobahnen und von 80 km/h auf Landstraßen wurde aufgehoben. Für die Autobahnen wurde die bis heute unverbindliche Richtgeschwindigkeit von 130 km/h festgesetzt. Seit dem Fahrverbot vor 36 Jahren ist die Diskussion um Tempolimits und Fahrverbote immer wieder geführt worden - doch nach wie vor darf in Deutschland so schnell gefahren werden, wie Verkehrslage und Motorleistung es erlauben. So leer und so ruhig wie am 25. November 1973 wird es auf deutschen Straßen wohl nie wieder sein.

Quelle: ntv.de, Jürgen Grünhagen, dpa

Der Weihnachtsmarkt auf dem Heiligengeistfeld in Hamburg wird eröffnet. Da laufen wir, wenn wir frieren und wir frieren meistens, die fünfhundert Meter dorthin und wärmen uns in einem wenig besuchten großen Festzelt. Da ragen 50 cm dicke Warmluftschläuche aus den Ecken des Zeltes. Vor denen sitzen wir dann an einem Katzentisch und trinken einen Kaffee.

Dass wir nicht mehr verzehren und uns stundenlang dort aufhalten, duldet das Personal mit mitleidigen Blicken. Auf einem der Tische finde ich eine aktuelle Tageszeitung mit den Seiten des Wohnungsmarktes. Eine Anzeige aus dem Stadtteil Meyendorf erregt unsere Aufmerksamkeit. 170 Mark Miete. Zwar nur ein kleines möbliertes Zimmer aber besser als über 700 Mark für das Hotel auf der Reeperbahn. Das Geld für Brot und Wurst nehmen wir diesmal für ein U-Bahnticket, - die Antriebskette des Motorrades ist gerissen und somit nicht nutzbar. Ergo fahren wir mit der U-Bahn zu der angegebenen Adresse.

Das Mehrfamilienhaus ist ein ehemaliger Edeka-Laden und die Betreiber sind seit einigen Jahren in Rente. Frau Brandt begrüßt uns herzlich und wir können den Mietvertrag sogleich unterschreiben. Bereits am nächsten Tag ziehen wir um. Die Vermietereheleute sind nette Menschen und laden uns zu Kaffee und Kuchen ein.

„Sie beide werden auch noch unsere Tochter kennenlernen. Die kann heute leider nicht kommen", erklärt uns Frau Brandt.

„Die ist mit den Enkelkindern auf der Autobahn Rollschuh fahren", gibt Tante Emmi zum Besten und schmunzelt in die Runde.

Ich schaue erst Belinde dann Frau Brandt verständnislos an. Die Tante Emmi, mit über 80 Jahren hochbetagt, scheint auch etwas durcheinander.

Herr Brandt lacht: *„Das stimmt. Heute ist Sonntag, da hat die Regierung aufgrund der Ölkrise wieder ein bundesweites Fahrverbot verhängt. Die Straßen sind absolut leer und Kinder gehen mit ihren Eltern auf der Autobahn spazieren."*

Ungläubig lese ich die Schlagzeile der Tageszeitung, die mir Herr Brandt herüberreicht. Tatsächlich. Durch unsere persönlichen Lebensumstände haben wir das Tagesgeschehen der Welt um uns herum nicht mehr richtig wahrgenommen. Wie froh und dankbar sind wir darum, ein Zuhause gefunden zu haben. Das Glück vervollkommnet sich, als wir uns dem Wohnungsnachbarn einem österreichischen Aufzugsmonteur am nächsten Tag vorstellen. Willi Biegel, heißt der nette 40´er und bietet mir aus seinem Ersatzteillager an, eine Aufzugskette passend für mein Motorrad herauszusuchen und einzubauen. Belinde erklärt derweil Frau Brandt neue Schnittmuster für Wolljacken, die sie für ihre Enkelkinder stricken möchte.

Das Leben verläuft, hatte Knut die Weisheit von seinem Onkel Polle noch in Erinnerung, wie Ebbe und Flut. Mal geht alles daneben -- mal geht alles gut. So auch dieses mal. Am ersten Samstag im Monat gönnen Knut und Belinde sich einen Besuch im Volksparkstadion. Das Bundesligaspiel HSV gegen Schalke 04. Das Spiel wird vom Hamburger Sportverein 0:2 verloren und enttäuscht schleichen beide zum Parkplatz zurück. Knut schaut sich um und sieht -- nichts.

„Das Motorrad ist geklaut, Bel!", schnauft er.

„Du hast es aber abgeschlossen. Es steht sicherlich woanders", versucht sie ihn zu beruhigen.

„Blödsinn -- ich weiß doch noch, wo ich es abgestellt habe. Hier neben dem Kompressor stand unsere Honda. Da drüben ist eine mobile Wache der Polizei. Lass uns dahin gehen. Ich muss eine Anzeige aufgeben."

Nach 3 Tagen spricht ihn der Vermieter an: *„Herr Foerster, die Polizei hat angerufen. Ihr Motorrad ist in Blankenese im Wald gefunden worden. Sie sollen morgen früh um 10 Uhr auf der Wache sein."*

Knut freut sich - nur bedingt. Er hat keinen Führerschein. Wie soll er da die Maschine abholen. Jemanden anderen schicken; aber wen? Der Nachbar Willi ist im Urlaub nach Österreich gefahren. Belinde sieht Knut ob seiner fehlenden Freude über das Wiederfinden des Motorrades erstaunt an. Sie weiß nicht, dass er über keinen Führerschein verfügt. Ausgerechnet heute klagt Belinde, während ihrer Unterhaltung, auch noch über Schmerzen im Unterleib. Da steht der Entschluss für Knut fest. Einen Fahrzeugschein auf seinen Namen ausgestellt, und einen gültigen Personalausweis hat er ja. Welcher Polizist würde annehmen, dass ein Führerscheinloser dreist auf der Wache vorstellig wird und sein gestohlenes Fahrzeug abholt. Und genau so hat es Knut dann gemacht. Der Wachhabende fährt ihn mit dem Streifenwagen zum Park in Blankenese und er unterschreibt den Empfang des Motorrades. Der Polizist will weder einen Ausweis noch einen Fahrzeugschein sehen. Mühselig schiebt Knut das Krad mit dem leergefahrenen Tank bis zur nächsten Tankstelle. Da nichts an der Maschine kaputt ist, fährt Knut erleichtert zu Belinde zurück.

Deren Beschwerden haben sich derweil verschlimmert, sodass sie nur noch unter heftigen Schmerzen ein paar Schritte laufen kann. Die Frauenärztin, zu der sie beide in das andere Stadtviertel mit dem Motorrad fahren, will Belinde sofort in ein Krankenhaus einweisen. Da sie dies ablehnt, bekommt sie ein starkes Antibiotika, ein Schmerzmittel verschrieben und gute Wünsche mit auf den Weg. Knut ist schockiert. Es steht schlimm um seine neue Freundin. Und alles nur, weil sie vor Wochen zu stur war, sich wärmer auf dem Motorrad anzuziehen.

3 Monate braucht Belinde, um wieder schmerzfrei laufen zu können. Jeden Tag übt sie ein paar Schritte mehr. Es ist eine grauenvolle Zeit für sie. Knut hat sie aufrichtig bedauert und seine Unfähigkeit verflucht, ihr das Leben nicht erträglicher gestalten zu können.

Manchmal werden sie von ihrem Nachbarn zu einem knusprigen Rollbraten in Knoblauchtunke eingeladen. Das ist eine ausgesprochen leckere Abwechslung zu ihrer immer noch kargen Kost. Das Geld bleibt nach wie vor knapp.

Eines Tages bot der Vermieter Knut und Willy an, das Vordach an dem Haus neu zu teeren, da es in Tante Emmis Wohnung reinregnet. Nach fast 2 Stunden Arbeit, es ist 10 Uhr am Samstagvormittag, sieht Knut wie Willi und eine dunkelhäutige Frau in sein Firmenauto stiegen und davonbrausen. Nach einer gefühlten Ewigkeit fährt das Auto wieder auf den Hof.

Knut konnte sich den Zuruf an den aussteigenden Willi nicht verkneifen: *„Nun komm schon endlich, mithelfen. Wo warst du so lange. Mustest du deine neue Freundin erst nach Afrika fahren?"*

Herr Brand kicherte in sich hinein, als er das hörte. Na ja, der Nachbar Willi, der gerne fiese Sprüche gegen dunkelhäutige Menschen machte, musste sich nun die Häme gefallen lassen.

Knut und Belinde befahren am Tag des Finales der Fußballweltmeisterschaft die Hamburger Straße. Da geraten sie in eine Polizeikontrolle. Auf der mobilen Wache herrscht Chaos durch angetrunkene Fans. Ein Polizist entlässt Knut mit der Auflage, den „vergessenen" Führerschein in einer Woche bei ihm vorzuzeigen.

Da Birgittas Bruder Ole, die beiden für eine Wohngemeinschaft in einem Bauernhaus gewinnen will, sagt Knut, auf Drängen von Belinde zu. Die Vermieter Brandt akzeptieren ihre fluchtartige Kündigung mit Bedauern. Und so verlassen die beiden Hamburg.

Am neuen Ort angekommen, wohnen sie in einem Mäuse-Bauernhaus mit einem riesigen Güllebecken vor der Haustür genau 3 Wochen. Es stinkt nicht nur unerträglich. Es ist auch lausig kalt im gesamten Gebäude. Eine Nachtspeicherheizung, das Modernste zu jener Zeit, wärmt die Wohngemeinschaft lediglich bis mittags. Danach sind die nachts aufgeheizten Schamottesteine wieder abgekühlt.

Eines Tages stürmen Polizisten mit Maschinenpistolen im Anschlag auf den Hof. Sie suchen nach Ole, weil er einem vermutlichen RAF-Terroristen zum Verwechseln ähnlich sieht. Da haben Belinde und Knut genug, vom idyllischen Landleben und ziehen aus.

Das ZDF in einer Nachschau zu der Zeit:

Die Terrorgruppe hat vor einigen Jahrzehnten in Deutschland viel Angst und Schrecken verbreitet.

RAF ist die Abkürzung für Rote Armee Fraktion. Die Mitglieder dieser Gruppe führten vor allem in den 1970er und 1980er Jahren einen bewaffneten Kampf gegen alle, die in Deutschland etwas zu sagen hatten. Deshalb hat sich die RAF auch Armee genannt. Die RAF wird in einer Zeit gegründet, als viele junge Menschen mit dem Leben in Deutschland unzufrieden waren. Es gab damals große Demonstrationen. Viele Studenten protestierten gegen zu starre Regeln und Gesetze. Sie wollten, dass sich in Deutschland etwas änderte. Die meisten Demonstranten waren friedlich.

Ganz anders die RAF: Die Mitglieder dieser Gruppe wollten das ganze Regierungssystem in Deutschland abschaffen. Ihre Ziele wollten sie mit Gewalt durchsetzen. Sie legten Bomben und ermordeten Menschen, die besonders wichtige Aufgaben in Deutschland hatten. Bei den Anschlägen der RAF wurden insgesamt mehr als 30 Menschen getötet und viele verletzt.

Quelle: www.ZDF.de (06. 10. 2017

Nun wohnen Belinde und Knut seit einem halben Jahr, wieder in ihrer Heimatstadt; in einer kleinen Mietwohnung und sie sind glücklich.

„Da fehlt doch noch etwas," murmelt die Hebamme.

Knut schaut ihr ängstlich zu. Wie sie, über das Waschbecken gebeugt, eine undefinierbare weiche Masse in Ihren Händen auseinanderzieht. Der Wasserstrahl spritzt darüber und verteilt sich im Bad. Blut färbte das Becken rot und Knut drängelt: *„So sag´ doch Emma, was fehlt denn noch. Mach mich nicht kirre, etwa noch ein Kind? Sind es Zwillinge Emma, EMMA!"*

Sie lacht den jungen Vater an: *„Alles zufriedenstellend bei der Mutter. Sie braucht nur Ruhe. Lass sie jetzt schlafen. Dann kommt sie auch wieder zu Kräften!"*

Nach einer Woche, die ersten Untersuchungen des Sohnes bringt Knut bei der Kinderärztin hinter sich, flaniert er mit Paul im „Strandkorb" (*Blau-weis-gestreifter Kinderwagen*) in den Straßen. Vor einem Buchladen halten sie an. Von drinnen grüßt der Buchhändler zwar, schaut aber missmutig drein. Wie jedesmal, wenn er Knut mit seinem Sohn sieht.

Tage später. Knut holt ein bestelltes Buch ab, bittet der Händler ihn, um 18:00 Uhr nochmals wiederzukommen. Er hätte gerne etwas mit ihm besprochen. Erstaunt steht Knut abends vor der Ladentür, als er höflich hereingebeten wird. Der Büchermensch schließt die Tür hinter ihm ab und sie setzen sich in das kleine Kabuff unter der Treppe.

„Herr Foerster. Sie sind ja ein guter Kunde von mir und kaufen ausschließlich Fachbücher der Rechtsliteratur. Erlauben Sie mir eine direkte Frage. Sind Sie Rechtsanwalt oder Jurastudent?"

„Nein, Herr Gester, weder noch. Es ist mein Hobby. Ich vertrete Freunde und Verwandte bei juristischen Problemen."

Der Buchhändler fragt ihn beiläufig, ob er *Langenscheidts Sprachwasser* kennt. Dann zieht er eine Schnapsflasche aus der Schublade. Nachdem er mehrmals nachgeschüttet hat, will Knut von ihm wissen, warum er beim Gruß immer so missmutig dreinblickt, wenn er mit dem Kinderwagen vor seinem Geschäftslokal steht.

„Wir haben auch einen Sohn und ich würde ebenso gerne mit ihm spazieren gehen. Geht aber aus zeitlichen Gründen nicht; leider. Da bin ich halt ein bisschen neidisch auf euch."

Mittlerweile ist das Sprachwasser ausgetrunken und sie duzen sich.

„Also Piet, das kann ich verstehen. Nur helfen kann ich dir dabei nicht."

„K u r t -- es muss ein Gleichstand her. Wenn ich nicht mit meinem Sohn spazieren gehen kann, musst du es auch nicht mit deinem ... (Hick) können! Gleichberechnung. Du musst eben auch arbeiten, wie alle Väter dieser Welt!"

„OK Piet sehe ich ein. Dann hätten wir auch mehr Kohle im Portemonnaie. Und ich muss nicht die letzten Moneten noch in deinen Laden tragen; Belinde mault schon."

Pitter: „Was kannst du denn?"

Knut: „Nichts."

„Wie nichts? Du musst doch was gelernt haben."

„Nee, Peda, hab´ ich nicht. Und Moneten habe ich ebenso nicht - (Auch hick)."

„Das sind die besten Voraussetzungen für eine Selbstständigkeit."

„So? Ich habe nicht nur nix gelernt, ich hab´ auch kein Verspartes (Erneut hick)."

„Herr Foerster, du kannst das - musst nur mutig sein. Hier nimm das mit und lies es. Du kannst doch lesen oder?"

Mit dieser Aufforderung komplimentiert der Buchhändler Knut mit einem Blatt Papier in der Hand zur Tür und entlässt ihn in die Nacht.

Belinde ist wenig erfreut ihren Partner in diesem Zustand zu sehen und begibt sich sogleich in das Schlafzimmer, das sie hinter sich abschließt. Knut schleicht in die Stube und lässt sich in den einzigen Sessel plumpsen. Dann liest er den Artikel aus dem *Managermagazin,* den ihm der Buchhändler in die Hand gedrückt hat.

Wie man Chef wird. [sic]

Was viele schon immer ahnten, aber nur wenige auszu-
sprechen wagten, haben Verhaltensforscher schon
längst bestätigt: Nicht immer ist es der Klügste und
Tüchtigste, der Boss wird. Mittelmäßigkeit ist kein
Hindernis, partieller Schwachsinn kann karriereför-
dernd sein.

Affenfelsen.

Ein Schimpanse, nennen wir ihn Turzun, zieht mit
seiner Horde durch das ostafrikanische Gombe-Reser-
vat. Turzun ist schon ziemlich alt, von mäßigem
Gewicht und mäßigem Verstand und in all seiner
Durchschnittlichkeit vermutlich noch in keiner weiße
besonders aufgefallen. Er gehört zur unteren Mittel-
klasse seiner Horde, mit der er eines Tages in die Nähe
der Behausung der Verhaltensforscherin Dr. Jane Goodall gelangt. Auf der Suche nach Bananen dringt Turzun in deren Vorratszelt ein, findet jedoch nur leere
Blechkanister. Mit dem anfänglich enttäuschenden
Fund läutet er die Wende in seinem Leben und den der
Horde ein. Er schlägt die Kanister so heftig gegen-
einander, dass unter dem Geschepper und Getöse die
ganze Affenbande vor Ehrfurcht erstarrt und ihn auf
der Stelle zum neuen Anführer kürt- er blieb der Boss

bis zu seinem Lebensende, berichtete Jane Goodall dem Wissenschaftsjournalisten Vitus B. Dröscher.

Paart sich solche Popularität noch mit einer gewissen Sturheit, kann der Weg nach oben kaum mehr gebremst werden. Das beweist die Karriere eines Herings, den wir Poseidon nennen wollen.

Heringsschwärme sind führerlose Gesellschaften, in denen jeder sich blitzschnell am anderen orientiert. So wird durch Gemeingeist der Kurs des Schwarms bestimmt. Von dieser Regel gibt es jedoch eine Ausnahme. Erspäht ein Hering Futter, verlässt er seine Gesellschaft und schwimmt zielstrebig auf die Beute zu. In solchen Fällen folgt der ganze Schwarm dem Ausreißer und bestätigt ihn damit vorübergehend als Führer.

Nun hat man in Poseidons Vorderhirn das Sozialisierungszentrum operativ lahmgelegt. Was daraufhin geschah, erzählte der Kieler Professor Adolf Remane: Poseidon orientierte sich nun nicht mehr an seinen Artgenossen, sondern schwamm, wie es ihm gerade einfiel. Sein Schwarm aber zeigte sich von dieser kühnen Entschlossenheit so beeindruckt, dass er dem Hirn-

geschädigten überallhin folgte und auch noch die ver-
rücktesten Zick-Zack-Bewegungen mitmachte.

Nutzanwendung Nummer zwei lautet daher: Je selbst-
sicherer einer verkündet, wo es lang geht, desto mehr
Gefolgsleute werden in diese Richtung marschieren.
Wer mit der Unerschütterlichkeit des Felsens von Gibraltar etwas behauptet, wird auch dann seine Gläu-
bigen finden, wenn das, was er behauptet der reine
Wahnsinn ist.

Quelle/ manager-magazin August 1984

248

Ach nee, ich muss also gar nicht klug sein, wenn ich Chef werden will. Interessant ist das. Dann kann ich das ja, wo ich die besten Voraussetzungen habe. Meinte zumindest der Bücherfritze vorhin. Überhaupt wie der drauf ist. Scheint alles im Griff zu haben, auch seine Familie. Wahrscheinlich ist er seinem Filius ein guter Vater. Ich werde mich mehr um unseren Sohn kümmern müssen. Nur mit Kinderwagen durch die Gegend schieben, ist es nicht getan.

Das Kind soll es einmal besser haben als sein Vater. Wie oft habe ich diesen Spruch von den Erwachsenen gehört. Grauenvolles Geschwätz. Jetzt rede ich selbst so. Aber ist das nicht etwas, was alle Eltern ihren Kindern wünschen? Dass es ihnen gut geht? Na ja, einiges aus meiner Kindheit will ich Paul schon ersparen. Auf jeden Fall werde ich ihm raten, bloß nicht zu früh, Vater zu werden. Es wird zu einer echten Herausforderung. Man muss eigene Bedürfnisse hinten anstellen.

Andererseits bekomme ich Freude und Zuneigung von unserem Nachwuchs geschenkt. Zu sehen, wie ein solch kleiner Erdenmensch heranwächst und das Leben Stück für Stück begreift. Da sind dann die Eltern stolz auf ihr Kind. Ich bin nie stolz auf die Leistungen und auf die Gesundheit unseres Sohnes. Es ist nicht mein Verdienst, dass er ein gesunder und hübscher Junge ist, der mit kindlicher Klugheit immer wieder seine Umwelt zum Staunen bringt. Eher bin ich dankbar, dass er ohne Behinderungen geboren ist. Schließlich ist es nicht selbstverständlich, dass Kinder gesund auf die Welt kommen.

Sein Geburtsgewicht betrug immerhin 4300 Gramm und das war viel für seine zierliche Mutter, die selbst nur 55 Kg. Wiegt. Wie kann eine Frau das nur aushalten, das Kinderkriegen? Ich würde vor Schmerzen und Angst sterben. Chapeau für alle Mütter dieser Welt. Muss mal gesagt werden. Den, ich war bei der Hausgeburt anwesend und habe „mitgelitten". Ein beeindruckendes Erlebnis war das und förderte meinen Respekt vor den Frauen.

Paul ist 3 Jahre alt und wir suchen zu dritt einen anti-autoritären Kindergarten auf, die in den 70'Jahren in Mode kommen. Durch die Außenscheiben sehen wir ein Getümmel von Kleinkindern. Kaum haben wir den Raum betreten, empfängt uns lautes Geschrei von einem Jungen. Er weint bitterlich, weil ein Mädchen ihm einen dicken Holzbaustein gegen den Kopf geworfen hat.

Die Aufsichtsperson, eine junge Frau von höchstens 20 Jahren, weist den weinenden Jungen ab, als er die Ärmchen nach ihr ausstreckt. Sie sagt in gleichgültigem Ton: *„Das müsst ihr selber klären. Geh zu ihr und sag, dass dir das wehtat."*

Belinde zupfte mich am Ärmel und zeigt in eine Ecke. Dort beschmiert ein etwa 4-jähriger Junge die Wand -- mit seinem Kot!

Die Aufsicht begrüßt uns mit einem gelangweilten *„Hallo"*, das wir zwar noch erwidern aber im selben Moment unseren Sohn und die Flucht ergreifen.

Stolz schiebe ich Paulchen in seiner Sportkarre durch die Straßen. In Höhe der Buchhandlung fällt mir wieder der Vorschlag des Buchhändlers ein. Seine Idee einer Selbstständigkeit für mich, lässt mir keine Ruhe. Das stellt der sich zu einfach vor. Ohne Geld und Berufsausbildung. Außerdem war er an jenem Abend angetrunken; ich allerdings auch. Andererseits ist es eine reizvolle Vorstellung. Unternehmer mit eigener Firma, Auto und genügend Geld zu sein. Was noch viel wichtiger dabei wäre; die Unabhängigkeit.

Also beschließe ich, mich zu informieren. Werde aber Belinde nicht in mein Vorhaben einweihen. Es soll eine Überraschung werden; wenn es denn klappt. Wir haben jedoch nur 30 DM in unserer Geldkassette. Das ist nix. Ich muss mir etwas einfallen lassen.

Am Abend treffe ich mich mit einem Bauunternehmer, von dem ich ein kleines Ladenlokal mieten kann. Die Vorpächterin ging pleite und stellte die Pachtzahlungen ein.

„Guten Tag, Herr Foerster", spricht mich der adrett gekleidete Geschäftsmann vor dem Gebäude an.

Das muss der Bauunternehmer, Krasus, sein. Ich gehe auf ihn zu und gemeinsam betreten wir das 4 x 6 m kleine Ladenlokal. An der Schaufensterscheibe hängt noch das alte Firmenschild, *Elses Pudelwohl*. Nachdem wir auch den winzigen Lagerraum besichtigt haben, überreicht mir der Krasus den Pachtvertrag. Ich greife, vertrauensbildend, in meine Jackettinnentasche und mache Anstalten, die Geldbörse zu zücken: *„Ich bin einverstanden, Herr Krösus. Dann kann ich Ihnen ja die erste Pacht gleich hier zahlen."*

Der schaut mich abwehrend an: *„Aber Herr Foerster das können Sie doch von Ihrem Konto überweisen, sie haben doch ein Konto?"*

„Selbstverständlich, Sie haben ja so recht. Ich überweise ihnen die Summe", dabei ziehe ich schnell die Hand aus meinem abgetragenen Jackett.

Schließlich weiß ich genau, dass sich nur noch ein einziger 10-DM-Schein in meiner Brieftasche befindet. Der Krasus hält mir die Ladenschlüssel hin und rauscht mit seinem Mercedes davon. Auweia, das hätte auch schiefgehen können. Glück muss man haben Foerster.

Gepaart mit dreistem Auftreten. Das habe ich soeben dazugelernt.

Nun verfüge ich über ein Ladenlokal und male mir auf einem Bastelbogen ein Firmenschild. Holz & Bautenschutz kann jetzt jeder lesen, der am Schaufenster vorübergeht. Die Bezeichnung für ein seinerzeit neu eingeführtes Baunebengewerbe. Das offerieren die Handwerkskammern jungen Handwerkern, die keinen Meisterbrief besitzen. Das ist also geschafft, aber etwas fehlt. Eine Firma ohne Telefon? So bin ich unerreichbar.

Ein Zufall kommt mir zu Hilfe. In der Tageszeitung wirbt die Bundespost, die heutige Telekom, für einen Telefonanschluss mit Ratenzahlung. Der Poststand wartet auf mich auf einer Geflügelausstellung am anderen Ende der Stadt. Sofort renne ich zu einer öffentlichen Telefonzelle und wähle die Nummer der Großeltern meines Cousins Bert. Ich erzähle ihm von der Messe, auf der *Deutsche Riesen* vertreten sind. Bert ist Karnickelzüchter und das ist sein Stichwort.

„Wir können doch mal dort gleich vorbeifahren", schlage ich ihm vor.

„Ich wusste gar nicht, dass du dich für Kaninchen und Hasen interessierst?"

„Na ja, seit heute eben."

Wir fahren in seinem alten Opel durch die Stadt. Bei der Messe angekommen, reiße ich die Beifahrertür auf und renne, den Hinweisschildern folgend, zum Telefonstand der Bundespost.

Bert ruft mir noch hinterher: *„Knut, hier geht es doch zu den Deutschen Riesen."*

Shit, auf die Mümmelmänner, ich brauche ein Telefon. Der Postbeamte, damals waren die meisten Mitarbeiter der Post Beamte, schaut mich an: *„Sie können das Gerät gleich mitnehmen, wenn Sie möchten. Soll es ein grünes oder rotes Telefon sein?"*

Mein Puls schlägt heftiger. Ich weise mich mit meinem Personalausweis der Bundesrepublik Deutschland aus und frage mich in diesem Moment, ob ich zum Personal der BRD gehöre. In Frankreich gibt es keinen Personalausweis, sondern eine *Carte d'identité*. Aber was soll's. Ich unterschreibe den Vertrag und schnappe mir ein rotes Telefon. Diese Farbe signalisiert Wichtigkeit und ein solches steht schließlich auch auf *Chrutschows* Schreibtisch in Moskau.

Um Bert nicht völlig zu frustrieren, schaue ich mir noch die *Deutschen Riesen* an. Hasen, die kaum kleiner als Ferkel sind. Mein Cousin ist ob meines Vergleiches beleidigt und setzt mich zu Hause ab. Die Familie begrüßt mich. Belinde mit Vorwürfen und unser Säugling mit Geschrei und Geruch; trotz der Pampaswindeln. Egal - ich habe ein Wählscheibentelefon, was sogleich in der Werkzeugkiste versteckt wird.

Nun sitze ich hinter einem monstergroßen uralten Schreibtisch auf einem wackeligen Küchenstuhl. Ich starre auf das, mittlerweile angeschlossene rote Telefon. Aber es klingelt nicht. Nur einmal hat es geläutet und mich einem riesigen Schrecken ausgesetzt. Wusste ich doch noch nicht, wie ich mich melden sollte. Es war die Bundespost, die den Anschluss überprüfte. In dem Moment kam auch noch der Freund meiner Mutter. Da wurde es mir zu blöd.

„Hans, komm´ schon rein. Ich brauche deinen Rat", rufe ich durch die geöffnete Eingangstür.

Nach meiner Schilderung des Problems der Nichtanrufe stellt er treffend fest: „Knut, es kann ja niemand anrufen, du bist ja nicht bekannt, weil du keine Werbung machst."

„Werbung? Dafür habe ich kein Geld."

„Mensch Knut, die brauchst du doch nicht sofort zu bezahlen. Erst in 4 Wochen. Du kriegst eine Rechnung von der Zeitung. Und wenn du den ersten Auftrag abgewickelt hast, zahlst du davon die Anzeigenrechnung, kapiert?"

„Das hört sich gut an Hans, so machen wir ´s."

„Wieso wir?"

„Na, du bist mit dabei. Wird dein Schaden nicht sein."

„Ja aber, was willst du eigentlich anbieten; mit deiner Holz & Bautenschutzfirma?"

„Häuser streichen, das kann ich gerade noch. Haben wir beide mal ein halbes Jahr auf Norderney zusammen bei Christensen gemacht. Du erinnerst dich?"

„Und ob ich mich erinnere. Von dem habe ich ausstehenden Lohn zu kriegen. Aber es ist nichts mehr zu holen, der ist schon lange pleite."

Drei Wochen später besucht mich Hans erneut: „Sag mal, hat sich auf deine Anzeige: „Aus Anlass des 175-jährigen Stadtjubiläums verlosen wir einen Einfamilienhausfassadenanstrich für nur 175 Pfennige", jemand gemeldet?"

„Na was denkst denn du. 48 Zuschriften sind eingegangen."

„WAS? Super. Und wer ist der Gewinner?"

„Der wird erst heute Abend ausgelost."

„Prima da komme ich auch zur Verlosung."

„Das geht leider nicht Hans. Die Verlosung findet beim Rechtsanwalt statt."

Erwartungsvoll steht Hans am nächsten Morgen im Büro vor mir: *„Na, sag schon, wer hat gewonnen?"*

„Familie Fetiman", gebe ich leicht gereizt wieder und weiß, was nun kommt.

„Aber das sind doch die mit dem 8-Familienhaus in der Schillerstraße. Die dürften doch gar nicht mitmachen!"

„Hans, ich habe mit denen vorher gesprochen", dabei zeige ich triumphierend auf mein rotes Telefon, *„Sie wollen das große Mietshaus sowieso streichen lassen und sind mit meinem Vorschlag einverstanden. Sollten sie gewinnen, wird die Summe für den Einfamilienhausanstrich bei der Gesamtrechnung für ihr Mehrfamilienhaus abgezogen."*

„Merkwürdiger Zufall, dass ausgerechnet deren Karte von 48 gezogen wurde. Warst du überhaupt beim Anwalt oder hast du den Gewinner einfach selbst bestimmt?"

„Ich muss doch sehr bitten! Es wurde nichts manipuliert."

„Ein glücklicher Zufall eben. Anstatt solcher Unterstellungen solltest du lieber einen Blumenstrauß besorgen.

Du musst heute Abend um 20 Uhr bei den Fetimans erscheinen und Ihnen meine Glückwünsche überbringen."

„Was? Ich soll dahin? Ich kann nicht. Außerdem habe ich kein Geld für Blumen -- das mache ich nicht!"

„Hans, ich brauche dich. Wenn du nicht gehst, muss ich deiner Freundin sagen, dass du ihren Sohn in Stich lässt."

„Erpresser, ok ich geh´. Aber Blumen hab´ ich nicht."

„Nimm zu Hause welche aus einer Vase. Bei Elke stehen doch immer irgendwelche Blumen rum."

Abends um 23 Uhr werde ich unruhig. Warum meldet sich Hans nicht. Seit drei Stunden ist er jetzt schon bei der Familie. Ob sie die Polizei gerufen haben? Verlosungen gehören in den Bereich der Glücksspiele. Vielleicht denken die *Fetimans*, wir sind Betrüger. Womöglich hat Hans vorher einen über den Durst getrunken und dann quatscht er wieder dummes Zeug. Doch es war anders. Am nächsten Morgen erzählt er mir, leicht verkatert, wie es bei den Fetimans zugegangen ist.

„Mensch Hans, warum hast du dich nicht gemeldet. Ich dachte schon, es sei etwas passiert."

„Knut, das mache ich nicht noch mal. Verrückte sind das, positiv verrückte - diese Fetimans".

„Hans, die ganze Geschichte bitte von vorn."

„Ok. Also zuerst bekam ich mal Stress mit deiner Mutter. Sie war dagegen, dass ich Ihren frisch gekauften Nelkenstrauß verschenke. Dann musste ich mich in die 5. Etage in der Schillerstraße hochquälen. Die Familie Fetiman wohnt zu viert im ausgebauten Dachgeschoss, obwohl ihnen das Haus gehört. Ich klingelte und mir öffnete ein, höchstens 14-Jahre junges Mädchen. Sie sprach mich an „Sie sind bestimmt der Herr Bauer, kommen sie herein."

Erschrocken war ich zurückgewichen, das Mädchen ist mindestens 1 Meter achtzig groß. In diesem Moment wurde es dunkel im Flur. Ihr Bruder kam dazu. Über Einsneunzig! Beide begleiteten mich in die Stube, wo der Herr Fetiman *(1,95 m) soeben ein Klavierstück am Flügel ausklingen ließ. Der, mich anstrahlenden, kaum kleineren Ehefrau überreiche ich mit besten Glückwünschen den Nelkenstrauß. Worauf sie mich in den Arm nahm und immer wieder jubelte:*

„Welch seliges Glück uns trifft. Lieber Herr Rauer, wir sind Ihnen ja so dankbar dafür."

„Müssen Sie gar nicht Frau Fetiman, müssen Sie wirklich nicht. Dafür hat allein der Herr Foerster gesorgt."

„Wurde der Gewinn nicht unter notarieller Aufsicht gezogen", *warf da der misstrauische Hausherr ein.*

„Doch, doch schon", verbesserte ich mich schnell.

Fetiman senior ließ nicht locker: „Herr Grauer, sie haben eben selbst gesagt, dass der Herr Foerster ..."

„Ja ich weiß. Ich meinte damit lediglich, dass der Herr Foerster den Wettbewerb initiierte", stotterte ich.

„Fetiman lass gut sein. Wir haben gewonnen und das müssen wir feiern. Hol´ einmal eine Flasche Bier aus dem Keller. Du trinkst doch Bier Herr Hans, oder? Wir selber trinken ja nicht. Wir musizieren gerne als Quäker - und wir singen gern. Hans, singst du auch?", *fragte mich Frau Fetiman.*

„Ja, äh also ...", konnte ich nur stammeln.

„Oh ja Vati, lass uns ein Ständchen für Frans, den Glücksboten anstimmen", *regte die Tochter an.*

„Der Vater setzte sich, nachdem er eine weitere Flasche Bier aus dem Keller heraufgeholt hatte, an das Klavier. Gemeinsam stimmten Sie das Shaker-Lied *an. Ich stand neben Frau Fetiman, die mich um Kopfhöhe überragte. Nach dem 5. Bier, die der Ehemann jeweils auf Geheiß seiner anmutigen Gattin einzeln aus dem Keller holen musste, sang ich auch. Über unseren mehrstimmigen Choral war es mittlerweile 23 Uhr geworden. Leicht angesäuselt verabschiedete ich mich von den Fetimans und ziehe, das Quäkerlied grölend, durch die Straßen. Ich wusste da schon nicht mehr, wo mein Haus wohnt, so beschwipst war ich."*

„Und weiter Hans, stürme ich auf ihn ein, *„was ist das für ein Haus und wird der Fetiman es von uns streichen lassen, oder gab es was zu quaken?"*

„Alles im grünen Bereich bei den Quäkern. Du sollst zum Ausmessen vorbeikommen und ihnen ein Angebot schriftlich zuschicken. An die angegebene Firmenadresse. Der Fetiman ist dort der Direktor."

„Hans, das hast du cool gemacht. Das gibt noch ein finanzielles Nachspiel für dich."

Hans: *„Das will ich meinen."*

Nachdem mir die Fetimans den Auftrag zum Hausanstrich erteilen, leihe ich mir bei einer Gerüstbaufirma ein Aluminiumgerüst und kaufe auf Rechnung die Farben bei einem Großhändler ein. Montag soll es losgehen. Das Arbeitsamt hat mir, nachdem ich nun offiziell als Arbeitgeber geführt werde, zwei arbeitslose Malergesellen vermittelt. Alles läuft und ich sitze am nächsten Morgen frohen Mutes an meinem Schreibtisch und öffne die Post. Reklame und ein Schreiben von der Handwerkskammer.

Ich lese *„Sehr geehrter Herr Foerster ... - somit fordern wir sie mit dem heutigen Tage auf, die Ausführung von Handwerksleistungen einzustellen. Sie verfügen nicht über den nötigen Meisterbrief für das Malerhandwerk. Bei Verstößen gegen diese Verfügung kann ein Bußgeld bis 50.000 DM verhängt werden. ... mit freundlichen Grüßen."*

Sch ...! Was nun? Ich rufe den Buchhändler an und frage ihn um Rat. Er gibt mir den Tipp, mich an den

264

Rechtsanwalt und Notar *Garwisch* zu wenden. Glücklicherweise bekomme ich schon am nächsten Tag einen Termin bei dem.

„Herr Foerster, sie sollten eine GmbH gründen, dann sind Sie das Problem los", eröffnet mir der Jurist nach meiner Darstellung des Sachverhaltes.

„Was ist eine GmbH, Herr Rechtsanwalt?", frage ich zurück.

„Eine Gesellschaft mit beschränkter Haftung!"

„Beschränkte Haftung hört sich gut an. Da kann ich ruhiger schlafen", gebe ich keck zurück, *„Was sind die Bedingungen für die Gründung einer GmbH?"*

„Eine Einlage von 25% des Mindestgesellschaftskapitals. Das sind zum gegenwärtigen Zeitpunkt 5.000 DM. Die müssen sofort vorhanden sein. Ebenso 2 Gesellschafter von dem einer als Geschäftsführer bestellt wird. Außerd ..."

Ich unterbreche den Rechtsanwalt: *„Ich habe keine 5.000 DM zur Verfügung."*

„*Die Einlage von 5.000 DM kann auch in Form von Sach-
werten eingebracht werden. Haben Sie ein Auto, Herr Foerster?*"

„*Ja, einen gut erhaltenen Ford*", beschreibe ich, nicht
ohne schlechtes Gewissen, meine alte Schrottkarre.

„*Welchen Zeitwert stellt das Fahrzeug dar?*", will der
Notar von mir wissen.

Ich überlege blitzschnell, dann kommt es wie aus der
Pistole geschossen: „*Na 5.000 Mark allemal!*"

„*Dann haben wir´s ja. Übermorgen um 17 Uhr können sie
den Gesellschaftsvertrag bei mir unterschreiben. Bringen Sie
zum Termin den zweiten Gesellschafter mit und geben sie
die persönlichen Daten meiner Sekretärin noch heute per
Telefon durch.*"

Zufrieden mache ich mich auf den Heimweg, nicht
ohne vorbei bei meiner Mutter einzukehren und ihren
Freund Hans zum Mitgesellschafter zu küren.

Wenige Tage später beginnen wir mit dem Fassadenan-
strich bei den Fetimans und ich bekomme bereits eine

kleine Abschlagzahlung auf die Arbeiten. Davon werden die Maler und der Notar bezahlt.

Ich rufe zu Hause an und bitte Belinde mit unserem Sohn in der Firma vorbeizukommen. Mittlerweile haben wir auch privat, zu Belindes Verwunderung, einen Telefonanschluss.

„Zu welcher Firma?", fragt sie mich erstaunt.

„Na, zu unserer, am Berliner Platz. Ich bin doch jetzt selbstständig."

„Seit wann bist DU denn selbstständig?", gibt sie zurück und ich höre einen ironischen Unterton heraus.

„Komm einfach her und ich erkläre dir alles", bitte ich sie.

Belinde steht nach wenigen Minuten mit unserem Sohn in der Sportkarre vor dem Firmenfenster und schaut ungläubig auf Ihren Lebensgefährten. Der thront hinter seinem viel zu großen Schreibtisch und winkt heftig.

„Ich glaube es nicht. Was machst du hier?", begrüßt sie mich und schaut mich fragend an.

Ich nehme Belinde zur Begrüßung in den Arm. Nachdem sie von mir aufgeklärt wurde, staunt sie noch mehr und schüttelt zwischendurch immer wieder ihren Kopf. Ich hoffe nur, dass Sie mir meine Verschwiegenheit nachsieht. Unseren Sohn habe ich unterdessen aus der Karre gehoben und freue mich auf eine hoffnungsvolle Zukunft für unsere kleine Familie. Belinde scheint versöhnt und gibt mir einen Abschiedskuss, bevor sie mit Sohnemann das Büro verlassen.

Tage später, es kommen bereits weitere Aufträge auf mich zu, sitze ich zufrieden mal wieder auf meinem Küchenstuhl. Der Postbote bringt mir ein Einschreiben. Ich reiße ungeduldig den Umschlag auf. Handwerkskammer lese ich nur. Was wollen die schon wieder?

„... sie haben eine GmbH angemeldet. Das ist nicht ausreichend lt. gesetzlicher Handwerkskammerordnung, wenn Sie ein Handwerk ohne Handwerksmeister ausführen. Weisen Sie daher bis zum ... die Beschäftigung eines Meisters in Ihrer Firma nach. Andernfalls wird ein Bußgeld ...

Ich lese nicht weiter, sondern lasse den Wisch zu Boden fallen. Verdammte Kammer. Kann die nicht endlich Ruhe geben? Bestimmt stecken da andere

Firmen dahinter, die mich als lästige Konkurrenz loswerden wollen. Der Sachbearbeiter vom Arbeitsamt wird mir weiterhelfen müssen.

„Hansen", meldet der sich am Telefon.

„Hallo Herr Hansen, hier ist Foerster von der Hanseatischen Holz und Bautenschutz GmbH. Erinnern sie sich noch an mich. Sie hatten mir vor ein paar Wochen zwei Maler vermittelt."

„Ja natürlich, Herr Foerster, wie geht es Ihnen? Sind sie mit den Männern zufrieden?"

„Alles bestens. Die Leute sind gut. Ich brauche aber noch einen weiteren Mitarbeiter, einen Malermeister. Können Sie mir da auch weiterhelfen?"

„Na klar, Herr Foerster. Wenn ich heute Nachmittag gegen 15.00 Uhr nach Hause fahre, komme ich gerne einmal in ihrer Firma vorbei; ist ihnen das Recht?"

„Sicher kommen Sie nur. Die Adresse haben sie ja."

Nachmittags trifft Hansen bei der neu von mir gepach-
teten Tischlerei ein. Sogleich erzählt er von dem Innen-
ausbau an seinem Haus. Ich erkläre ihm, dass wir mittlerweile 3 Tischler beschäftigen, und führe ihn in das
kleine Holzlager. Dort gefallen ihm besonders die
teuren Orangepine - Profilbretter. Die sind vom letzten
Auftrag übrig geblieben.

*„Das Holz können Sie gerne mitnehmen, Herr Hansen, das
brauchen wir nicht mehr."*

*„Danke, das passt ja gut. Ich habe zufällig einen kleinen
Anhänger an meinem Pkw. Und was den Meister betrifft,
den schicke ich ihnen nächste Woche vorbei. Natürlich
bekommen sie für den auch einen Lohnkostenzuschuss, wie
für die anderen Einzugliedernden",* verabschiedet sich
Herr Hansen von mir.

Zu dem Thema EINGLIEDERUNGSZUSCHÜSSE ist im Internet (2021) zu lesen:

Eingliederungszuschüsse beschreiben Leistungen der Arbeitsförderung, die Arbeitgeber in Anspruch nehmen können, die so genannte schwer vermittelbare Arbeitslose einstellen. Diese finanziellen Zuschüsse sollen Anreize bieten, auch Arbeitslose einzustellen, die womöglich in den ersten Wochen noch nicht ihr volles Leistungspotenzial abrufen können (man spricht in diesem Kontext auch von Arbeitnehmern mit Vermittlungshemmnissen). Höhe und Dauer der Eingliederungszuschüsse werden gestaffelt, wobei sie sich grundsätzlich am konkreten Arbeitsplatz bzw. einer auszugleichenden Minderleistung bemessen (mehr dazu später). Gewährt wird der Eingliederungszuschuss (EGZ) von der Bundesagentur für Arbeit, die somit auch der direkte Ansprechpartner ist.

Besondere Regelungen bezüglich der Beurteilung einer Minderleistung gelten für schwerbehinderte Menschen, ältere Arbeitnehmer sowie solche unter 25 Jahren. Gerade Existenzgründer können somit in einer Expansionsphase ihres Geschäfts Zuschüsse nutzen, um Wachstum zu finanzieren. Der mögliche Nachteil

271

der Vermittlungshemmnisse kann sich in der Praxis auch als Vorteil erweisen, da das sprichwörtliche Starten bei null die Chance in sich birgt, neue Mitarbeiter unvorbelastet in die Strukturen und Arbeitsweisen einzuweisen.

Quelle: Selbststaendig.de

Mit zögerlichem Gang betrete ich die Buchhandlung: *„Hallo Pitter, wie geht's?"*

„Ach Knut, du bist es. Setzt dich. Ich habe noch einen Kunden und komme gleich zu dir."

Ich lasse mich auf dem Hocker unter der Wendeltreppe nieder und schaue gelangweilt auf den kleinen Schreibtisch. Lesung mit Gräfin v. Hessen in der Buchhandlung *Lemmadinger*, lese ich die Überschrift im Feuilleton des *Kurieres*.

„Schön, dass du mich mal wieder besuchst, Knut. Leider habe ich nicht viel Zeit; das Schulbuchgeschäft - du verstehst."

„Ja -- da musst du die neuen Bücher zum Schulwechsel ausliefern. Machst du das mit deinem Porsche? Da gucken die Schulleiter bestimmt irritiert aus der Wäsche, oder?"

„Egal, das Auto ist nun mal mein Hobby. Was macht eigentlich deine Firma, läuft es gut?"

„Wo du grade nachfragst. Es läuft überhaupt nicht. Die KERF-Gruppe hat Konkurs angemeldet und ich krieg so

schnell keine neuen Aufträge für meine 10 Mitarbeiter. Muss also Werbung schalten. Aber das kostet Geld. Da wollte ich dich fragen, ob du mir etwas leihen kannst? Ich würde als Sicherheit auch mein Motorrad in deiner Garage abstellen".

„Die Garage ist voll mit Schulbüchern, da geht gar nichts mehr rein. Apropos Schulbücher; du könntest mir doch beim Ausliefern helfen, wo du doch jetzt eh nichts zu tun hast."

„Wenige begeistert schaue ich ihn an. OK ich komme morgen früh vorbei. Jetzt muss ich aber los, zur Bank."

„Bank? Frag doch den Schneider von der Zockerbank, ob er dir deine Kreditlinie erhöht."

„Gute Idee. Danke für den Tipp Pitter; bis morgen dann."

Da es nichts mehr zu arbeiten für mich gibt, bleibe ich, wie so oft in den letzten Tagen, an diesem Morgen bis 9:00 Uhr im Bett. Unser Sohn findet das toll und tobt in den Federn herum. Um 7:30 klopft es laut an die Haustür und unser Filius spring aus dem Bett und rennt zur Wohnungstür.

„*Wer ist da?*", fragt er mit kräftiger Stimme.

Die Antwort kommt gedämpft: „*Ruhmanzi.*"

„*Gumanski? Kenn´ ich nich*", brüllt unser Sohn so laut, dass es die oberen Mieter im Haus sicher hören können. Dann flitzt er zurück in unser Schlafzimmer, baut sich vor mir auf und strahlt mich an: „*Papa, Gumanski ist da.*"

Belinde schreckt hoch: „*Doch nicht etwa der Ruhmanzi; der Gerichtsvollzieher. Was will der schon wieder?*"

„*Bitte geh´ du. Zu dir ist er freundlicher*", flüstere ich ihr leise ins Ohr.

„*Ich komme gleich*", ruft sie und zieht sich etwas über.

Die Wohnungstür öffnet sich und der Obergerichts-vollzieher Ruhmanzi stolziert, eine Akte unter dem Arm, in unser Wohnzimmer. Ich höre Gemurmel und merke nach einiger Zeit, dass der Kerl nicht geht. Endlich komplimentiert Belinde den Mann vor die Tür und holt tief Luft, bevor sie mir alles erzählt.

„Knut, der Ruhmanzi wollte wieder bei uns pfänden, wegen verschiedener Titel, die er mir vorlegte. Es sind Forderungen gegen deine Firma."

„Belinde hat er was mitgenommen?"

„Nein, nur in das Pfändungsprotokoll geschrieben, dass er weder Geld noch Wertsachen bei uns vorfand."

„Warum ist er so lange geblieben, zum Rumschnüffeln?"

„Nein Knut, sein Revier ist auch das Rotlichtviertel und da muss er viele Treppen steigen. Und das fällt ihm schwer. Da macht er gerne eine Pause bei uns. Er hat sich sogar entschuldigt, dass er uns schon wieder behelligt. Ich wusste gar nicht, dass Gerichtsvollzieher so höflich sind. Der Herr Ruhmanzi ist ein feiner Herr, kann ich nur sagen."

„Woher weißt du das alles?"

„Erzählte er mir bei seinem letzten Besuch bei uns. Er fragt jedes Mal, ob er ein bisschen ausruhen darf, wegen seiner Knie und wegen des Treppensteigens. Und meinen Kaffee lobt er auch."

„*Hast du ihn sonst noch verwöhnt?*", grinse ich sie an.

„*Knut lass das. Der kann uns echte Schwierigkeiten bereiten. Da bin ich eben freundlich zu ihm. Übrigens sammelt er alte Bügeleisen.*"

„*Na du hast doch in der Stube ein paar alte Eisen stehen - die hättest du ihm ja mitgeben können.*"

„*Ja, die hat er auch bestaunt. Auf eines war er scharf.*"

„*Solange er nur auf die alten Bügeleisen scharf ist, soll es mir recht sein, wenn er allerdings ...*", weiter komme ich nicht, denn Sohnemann schaut mich an: „*Papa ist Gumanski unser Freund?*"

„*Nein - Paulchen. Eigentlich nicht.*"

Ein paar Tage später. Laut und vernehmlich hämmert es an die Wohnungstür. Unser Paul, mittlerweile 5 Jahre alt, rennt wieder einmal zur Tür: „Wer ist da?"

„Polizei, aufmachen!"

Der Junge läuft in das Schlafzimmer der Eltern und weckte seinen Vater; es ist noch sehr früh. 5:30 Uhr an diesem trüben Oktobermorgen 1980 - fast noch Nacht.

Knut springt in seine Jeans und geht zur Tür: „Moment mal, was wollen sie?"

„Polizei - öffnen Sie bitte!"

„Da kann ja jeder kommen und behaupten, dass er die Polizei sei", gibt Knut sich forsch.

„Kommen Sie zu ihrem Wohnstubenfenster. Mein Kollege wird Ihnen den Dienstausweis zeigen."

Nachdem Knut von der Fensterlegitimierung zurückkommt, öffnet er die Wohnungstür.

„Sind Sie Herr Knut Foerster?"

„Bin ich, was gibt ´s?"

„Wir haben einen Haftbefehl gegen Sie und müssen Sie jetzt mitnehmen. Es sei denn, Sie zahlen den Strafbefehl wegen Fahren ohne Versicherungsschutz in Höhe von 360,- DM."

„Wie Haft? Wie lange soll die denn dauern? Ich habe kein Geld hier im Haus."

„Dann müssen wir Sie mitnehmen, Herr Foerster. Die Haft dauert 18 Tage."

Knut wird heiß und kalt zumute. Fast 3 Wochen, wo er sich um den Fortbestand der Firma kümmern muss. Unmöglich jetzt nicht da zu sein. Andererseits hat er keine müde Mark mehr in der Kassette. Die Strafe kann er nicht bezahlen; was soll er tun. Einfach wegrennen? Knut ist schnell und sportlich. Der Polizist scheint seine Gedanken erraten zu haben und ruft nach seinem Kollegen, der sich im Treppenhaus postiert hat und sich nun im Türrahmen zeigt. Zwecklos, es geht nicht. Knut fügt sich dem Schicksal. Der Verhaftung!

„Gehen Sie freiwillig, oder müssen wir Ihnen Handschellen anlegen?"

„Nein, ich mache keine Schwierigkeiten - muss mir nur noch was überziehen."

Belinde steht die ganze Zeit hinter ihm und ist völlig von der Rolle.

„Du hast mir nichts davon erzählt, Knut", macht Sie ihm berechtigterweise Vorwürfe.

„Nee, tut mir leid. Ich hoffte, das so lösen zu können, und wollte dich damit nicht auch noch belasten."

Die beiden Polizisten bringen ihn zu dem Streifenwagen und er muss hinten einsteigen. An den Türen sind die inneren Türöffner abgebaut. Dadurch ist er bereits hier, in diesem Polizeiauto, eingesperrt.

Eine Woche leidet er in der Haft. Von der Außenwelt völlig abgeschirmt. Es gibt weder Telefonate noch Fernseher - auch keine Zeitungen. Bis auf 30 Minuten am Tag, in dem Knut auf dem Gefängnishof mit fremden Menschen in der Runde laufen darf, ist er 23,5 Stunden eingesperrt. In einer 8 m² engen Zelle. Mit einem Toilettenbecken ohne Deckel, neben dem Esstisch. Es gibt Essen, welches oftmals nicht den Namen dafür verdient. In der Anstaltsbücherei leiht Knut sich *Krieg und Frieden* von Tolstoi aus. Auch liest er, wer der *Idiot* von Dostojewski ist.

Es ist der neunte Tag seines Zwangsurlaubes, als ein Beamter die Tür aufschließt und ihm eröffnet: *„Foerster packen Sie Ihre Sachen. Sie werden entlassen."*

Ein freudiges Gefühl überkommt ihn. Gleichzeitig stellt er sich die Frage. Warum schon heute? Die Erklärung ist, dass Belinde den Campingwagen Ihres Stiefvaters mit Werbung professionell bemalt hatte und sie als Lohn 300 DM erhielt. Davon zahlte Sie die Restschuld, sodass Knut als freier Mann die Haftanstalt verlassen kann. Dafür ist er Ihr dankbar. Er überlegt dennoch, ob er nun, wie sein Lehrer es ihm prophezeit hatte, ein Krimineller ist.

Ein Tag hinter Gittern

Aufstehen, frühstücken, arbeiten – wer im Knast sitzt, hat einen geregelten Tagesablauf. In den Justizvollzugsanstalten (JVA) Nordrhein-Westfalens sieht der Tag eines Häftlings etwa so aus: Um 5.45 Uhr wecken die Beamten den Insassen. Eine Viertelstunde später entlassen sie ihn aus seiner Zelle. Etwa acht bis zehn Quadratmeter misst eine Einzelzelle im Schnitt. Mindestens ein Tisch, ein Stuhl und ein Bett stehen darin. Viele Häftlinge haben auch einen eigenen Fernseher in ihrer Zelle.

Um 6.00 Uhr gibt es Frühstück. Eine halbe Stunde später geht es zur Arbeit. Neun Stunden dauert ein Arbeitstag in der JVA in der Regel – ein zweites Frühstück und die Mittagspause mit eingerechnet. Zwischen dem Ende der Arbeit um 15.45 Uhr und dem Beginn des Abendessens um 17.30 Uhr hat der Häftling frei.

Von 18.30 bis 21.00 Uhr können die Häftlinge an Freizeitangeboten teilnehmen – mindestens ist das der Hofgang. Je nach Haftanstalt stehen aber auch Sportangebote wie Fußball und Fitnesstraining auf dem Plan. In einigen JVAs gibt es zudem eine Häftlingsband oder ein Knastradio. Um 22 Uhr beginnt die Nachtruhe.

Die Arbeits- und Freizeit verbringen die Häftlinge in der Regel gemeinsam, Ruhe- und Schlafzeiten getrennt. Jeder Gefangene darf für mindestens eine Stunde im Monat Besuch von Verwandten oder Freunden empfangen. Wer mindestens sechs Monate seiner Strafe abgesessen hat, kann zudem Urlaub von der Haft beantragen. Bis zu 21 Tage stehen jedem Häftling zu. Auch ein zu einer lebenslangen Freiheitsstrafe Verurteilter kann Urlaub beantragen. Dies ist jedoch erst möglich, wenn er schon zehn Jahre hinter Gittern verbracht hat.

Quelle: www.planet-wissen.de

Verdammt, die *Ingenieurgruppe Kerf* befindet sich in einem Konkursverfahren. Hoffentlich krieg ich noch das ausstehende Geld für die Fassadenmalerei und die Holzarbeiten, die meine Leute an ihrem Projekt ausführten. Wutentbrannt fahre ich zum Seedeich, dem Firmensitz der Gesellschaft. Ich stürme die Treppen hoch in das Büro von Jörg Kerf. Voller Wut vergesse ich anzuklopfen.

„Wer? ... Moment -- ach der Herr Foerster. Was gibt ´s", wirkt der überraschte Firmeninhaber wenig erfreut.

*„Herr Kerf, ich bekomme das Geld für die Arbeiten meiner Leute nicht ausgezahlt. Was bedeutet da*s?*"*, gehe ich mit grimmiger Mine auf seinen Schreibtisch zu.

Zusehends freundlicher antwortet er mir: *„Aber Herr Foerster, kein Problem. Ich stelle Ihnen einen Wechsel aus. Welche Summe soll ich reinschreiben?"*

Verblüfft nenne ich ihm die Summe: *„Zwanzigtausend."*

Schwungvoll setzt er seine Unterschrift unter das Dokument und überreicht es mir mit den Worten:

„Hier bitte. Damit können Sie zu Ihrer Bank gehen und bekommen das Geld ausgezahlt."

Völlig überrumpelt von seiner entgegenkommenden Art und dem Wechsel nehme ich diesen an und fahre schnurstracks zu meiner Hausbank. Dort empfängt mich der Filialleiter weniger freundlich: *„Guten Tag Herr Foerster, gut das Sie kommen. Ihr Konto zeigt ein Soll von annähernd 5.000 DM. Das war nicht abgesprochen! Sie müssen ..."*

Ich unterbreche ihn mit souveräner Selbstsicherheit: *„Kein Problem, Herr Schneider, hier bitte"*, und dabei lege ich ihm den Wechsel auf den Schreibtisch.

„Ja und?", fragt er nur.

„Ein Wechsel über 20.000 Mark."

„Das sehe ich auch Herr Foerster. Der ist von der Ing-Gruppe Kerf. *Den prolongiere ich ihnen nicht"*, stellt er lakonisch fest.

„Aber der Inhaber der Kerfgruppe sagte mir, ein Wechsel sei so gut wie Bargeld."

„Herr Foerster", und jetzt wird er ungeduldig, *„Ein Wechsel ist nur ein Zahlungsversprechen. Die* Kerf-Gruppe *ist aber so gut wie pleite, dass scheinen sie nicht zu wissen. Ein Wechsel von der Firma ist das Papier nicht wert, auf dem es geschrieben ist. Wenn ich Ihnen jetzt die Summe auszahle, wird erst einmal Ihr Konto damit belastet. Wenn der Wechsel dann am Stichtag platzt, weil er nicht eingelöst werden kann, haben sie 20.000 DM weitere Schulden auf ihrem Konto. Tut mir leid, aber das kann ich Ihnen nicht antun."*

Ich sitze wie betäubt im Besucherstuhl, während der Filialleiter mich über die Fallstricke eines Wechsels aufklärt. Wortlos stehe ich auf und verspreche dem Bänker, mein Konto in den nächsten Tagen auszugleichen. Ich weiß zwar noch nicht wie, das habe ich mir aber nicht anmerken lassen.

Sofort lenke ich mein Auto wieder in Richtung Seedeich. Erneut, ohne anzuklopfen, stürme ich in das Büro von Kerf.

Der schaut mich verwundert an: *„Sie schon wieder?"*

286

„Hören Sie mal, das Papier ist nichts wert. Ich will jetzt endlich mein Geld!", errege ich mich.

„Lieber Herr Foerster, wenn Ihre Bank den Wechsel nicht prolongiert, weil sie nicht kreditwürdig sind, kann ich auch nichts mehr für sie tun", klingt seine Stimme zynisch und dabei grinste er mich provozierend an.

„Unverschämtheit, das machst du nicht mit mir du ...", stürme ich auf ihn zu.

In diesem Moment wird die Tür geöffnet und 3 Männer und 2 Frauen betreten das Büro. Einer fragt: *„Können wir jetzt mit der Besprechung beginnen Herr Kerf? Oh Sie haben noch Besuch?"*

„Alles gut, Herr Foerster will gerade gehen", gibt Kerf ihm zur Antwort.

Ich kann mich kaum noch zurückhalten, was aber aufgrund der zahlreichen Zeugen besser scheint.

„Wenn bis Freitag das Geld nicht gezahlt ist, ziehe ich alle 10 Mitarbeiter von ihrer Baustelle ab, meine letzte Warnung

an die Ingenieurgruppe Kerf", schimpfe ich und knalle die Bürotür hinter mir zu.

Ich schäume vor Wut und gleichzeitig erhöht sich mein Puls. Eine unbekannte Angst ergreift mich. Was ist, wenn ich das Geld nicht bekomme. Was soll ich meinen Mitarbeitern nur sagen. Wie werden sie reagieren, wenn ich ihnen keinen Lohn zahle. Belinde braucht auch Geld für unseren Haushalt; woher nehmen? Ich steuere auf das nächste Café zu und bestelle einen Tee. Ich muss erst einmal zur Ruhe kommen und mir etwas einfallen lassen. Aber was?

Rücklagen habe ich keine. Das Konto ist praktisch gesperrt, der Bankfritze wird mir nichts mehr geben. Anpumpen kann ich niemanden. Den Buchhändler fragen? Nein geht auch nicht. Bei dem habe ich noch 2.000 Mark Schulden. Dafür steht mein Motorrad als Sicherheit in seiner, von Schulbüchern geleerten, Garage. Motorrad! Das iss es. Ich kann es vielleicht für 3.000 verkaufen. Aber wie soll ich es aus der Garage herausbekommen? Aufbrechen, nee - das kam nicht in Frage. Mit einer List muss ich Pitter dazu bringen, dass er mich an die Maschine lässt. Von dem Verkaufserlös kann ich ihm ja schon mal die Hälfte meiner Schulden bei ihm zurückgeben. Also hin zur Buchhandlung.

„Hallo Isabelle, ich möchte deinen Mann sprechen", begrüße ich, im Laden angekommen, seine Frau.

„Guten Tag Knut. Pitter ist nicht da. Er ist auf der Buchmesse in Frankfurt. Kann ich dir weiterhelfen?"

„Nein, Isabelle, vielen Dank dafür. Wann ist er denn wieder zurück?"

„Nächste Woche kommt er, am Dienstag. Du bist so hektisch. Stimmt etwas nicht?"

„Doch doch. Alles OK. Bin nur in Eile, sorry."

„Wie geht es Belinde und eurem Sohn ...", ruft sie mir noch hinterher.

Aber ich bin bereits zur Tür hinaus und sitze schon wieder in meinem Wagen. Werde jetzt nach Hause fahren. Ich muss mit jemandem reden, der mich versteht, sonst explodiere ich. Für Belinde wird es ein Schock sein, aber sie hält in solchen Situationen immer zu mir. Bisher hat sie sich in Firmendingen stets herausgehalten, da sie mir blindlings vertraut und es jahrelang auch gut gelaufen ist. Die Firma ermöglicht uns eine tolle Wohnung, einen schicken Pkw und das nötige Kleingeld zum komfortablen Lebensunterhalt.

Soll dies nun alles, Knall auf Fall enden? Mich schaudert bei dem Gedanken und hoffe auf meinen Einfallsreichtum. Irgendwie wird es weiter gehen. Es muss weitergehen. Außerdem habe ich mich schon so an das angenehme Leben ohne finanzielle Sorgen gewöhnt. Ich stehe in der Tür und Belinde sieht mich mit großen Augen an: *„Was ist Schlimmes passiert? Du bist ja ganz blass im Gesicht."*

„Nein, nichts Schlimmes. Wir sind nur pleite, sonst nichts", gebe ich ihr sarkastisch zur Antwort.

„Mach bitte nicht solche makabren Scherze. Du weißt, ich habe nur begrenztes Verständnis für deine Art von Humor."

„Belinde, es ist so, wie ich es dir sage. Die Kerfbanditen zahlen mir die geschuldeten Abschläge von 20.000 Mark nicht; die sind pleite! Und wir somit auch."

290

„Und was wird aus uns? Was willst du dagegen tun Knut? Du musst doch deinen Arbeitern die Löhne zahlen. Kannst du das denn noch?"

„Nein, kann ich nicht. Die Löhne und auch nicht die Krankenkassenbeiträge. Nichts geht mehr. Auch eine Klage hilft nicht weiter. Bei der Ingenieurgruppe arbeitet bereits ein Konkursverwalter vom Amtsgericht, verriet mir der Bänker, und der zahlt erst einmal gar nichts aus. Von dem wenigen in deren Kasse, die er verwaltet."

„Knut, ich muss noch einkaufen- am Wochenende, und unser Kind braucht Essen. Gib mir bitte 50 Mark."

„Meine Liebe, du scheinst nicht richtig zu verstehen. Ich habe kein Geld mehr, ich bin pleite!"

„Was soll das heißen, du hast noch nicht einmal 50 Mark für deine Familie?"

„So ist es - leider."

„Immer wieder habe ich dir geraten, dass du etwas für schlechte Zeiten zur Seite legen sollst. Aber nein, ich durfte dir ja nicht reinreden. Der Herr weiß alles besser. Große

Klappe bis zum Schluss. Vor Kurzem erst aus dem Knast als Krimineller entlassen und demnächst als Obdachloser oder wie? Aber nicht mit uns. Ich werde meine Mutter um Hilfe für mich und mein Kind bitten."

„Belinde, bitte. Reg dich doch nicht so auf. Ich finde schon einen Weg für uns."

„Ja ja. Nichts als leere Versprechungen. Von deinem Cousin weiß ich inzwischen, dass du öfter heimlich zum Spielen gefahren bist. Kein Wunder, dass das Geld immer so knapp war. Ich vertraue dir nicht mehr, Knut. Du brauchst auch keinen Weg mehr für uns suchen. Suche dir lieber deinen eigenen Weg. Nun ist Schluss!"

„Wie Schluss? Was soll das denn heißen?"

„Trennung soll das heißen, Knut. Ich mag nicht mehr!"

„Ja aber unser Sohn. Was wird mit ihm?"

„Wir kommen schon irgendwie zurecht. Ich verzichte auf Unterhalt, woher könnte der auch kommen. Dafür behelligst du mich nicht mehr und bleibst mir ab sofort fern mit deinen Schnapsideen. Paulchen und ich werden unsere Zukunft

292

ohne dich planen und bestimmt besser zurechtkommen, als mit dir zusammen."

Fassungslos gebe ich mich demütig: *„Wie du willst. Ich werde dann eben meine sieben Sachen packen und mich von dem Kind verabschieden, oder darf ich das auch nicht mehr?"*

Wortlos, mit unserem verunsicherten Sohn an der Hand, verlässt Belinde den Raum. Es war alles gesagt, was gesagt werden musste.

Belinde hatte Knut 1981 vor die Tür gesetzt. Die kleine Familie war auseinandergefallen. Der Sohn ist jetzt 6 Jahre alt und der Vater wird nicht mehr für ihn da sein. Doch, Knut wollte ehrlich zu sich sein. Die Trennung hat er allein zu verschulden. Er fand, nach der Pleite seiner Holz & Bauten GmbH, im Ort keine Arbeit mehr. Was hätte er denn auch arbeiten können - als ungelernter Hilfsarbeiter. Und zur See wollte er nicht mehr fahren. So ein Pech, das mit der Firma. Die Ingenieurgesellschaft bei denen er seine 10 Mitarbeiter eingesetzt hatte, zahlten keine Bauabschläge mehr und gingen in Konkurs und Knut gleich mit.

In dieser Zeit hatten die wenigsten Berufstätigen ein Bankkonto; das Geld wurde per Lohntüte wöchentlich für die Arbeiter ausgezahlt. Knut erschien am Freitag auf der Baustelle und seine Maler und Tischler fragten nach ihrem Lohn. Da stand er dumm da. Die Arbeiter wollten von ihm wissen, wie ihre Frauen Essen kaufen sollten, ohne Geld? Er offenbarte ihnen, dass seine Frau ebenfalls über kein Geld für den Wochenendkauf verfügt. Das konnte sie nicht wirklich trösten. Der Vorarbeiter umfasste einen Dachdeckerhammer so fest, dass die Knöchel weiß hervortraten. Er wollte die Konkurs-ingenieure besuchen. Nur mit Mühe hielt Knut ihn davon ab und versprach den Mitarbeitern, bis Montag Geld aufzutreiben.

Fieberhaft überlegte er am Samstag, was er unternehmen konnte. Die Bank würde ihm nicht einen Pfennig geben, die hatten ihn schon oftmals vor der ING.-Gesellschaft gewarnt. Nun war der Zusammenbruch des Kartenhauses eingetroffen und Knut hatte; im Vertrauen auf die 100 Mann starke Firma keinerlei Rücklagen gebildet. Denn deren Geschäftsmodell - Mietwohnungsumwandlung zu Eigentum, war vielversprechend in der Stadt angelaufen.

Nicht nur, dass Knut ohne Geld für seine Arbeiter da stand. Er hatte von einem Tag auf den anderen keine Aufträge mehr. So hingen die zehn Handwerker am Montagmorgen unschlüssig in der Werkstatt herum und nahmen dankbar aber verunsichert ihre ausstehende Lohntüte entgegen. Das Geld dafür hatte Knut aufgetrieben, indem er einen Videorekorder, die waren damals neu am Markt und daher noch sehr teuer, bei dem Kaufhaus Uranus auf Kredit kaufte. Dann reklamierte er das Gerät bei einem anderen Verkäuferkollegen und erhielt den Kaufpreis (2.500 DM) in bar ausbezahlt. Die Arbeiter freute es und Knut brachte diese clevere Idee Monate später in die Untersuchungshaft wegen Kreditbetrug.

Gelebtes von gestern. Jetzt muss er sehen, wie er weiterkommt. In die nächste größere Hafenstadt wird er ziehen und mit seinem alten Seefahrtsbuch für einige Zeit im Seemannsheim einchecken. Da wird er auf Kredit, für Bett & Verpflegung, unterkommen können. Hoffentlich ist noch ein Schlafplatz frei. Nur, wie soll er die 70 km schaffen? Auto, Fahrrad oder Bahngeld hat er nicht mehr.

Also muss er trampen, die alte Bundesstraße entlang - immer geradeaus. Sonntagmorgen um 9:30 Uhr geht es los. Die Sonne scheint im Juni und er war wieder voller Hoffnung. Vielleicht findet er in der Ferne Arbeit und kann irgendwann einmal seine Familie nachholen.

Ein Dieselgeräusch lässt ihn herumfahren. Ein Pkw kommt die Straße herab, in seine Richtung. Lässig streckt er den Daumen heraus. Ohne Erfolg. Der Wagen fährt an ihm vorbei. Sch ..., das war nichts. Bei der nächsten Gelegenheit wird er demütiger gucken müssen. Ein *Käfer*. Besser schlecht gefahren, als gelaufen. Wieder hält er seinen Daumen in Richtung Süden. Eine Frau am Steuer, wohl Ende sechzig. Die hat scheinbar Angst vor ihm, denn Sie beschleunigt, als Sie Knut sieht. Egal denkt er bei sich. Bei vielen *Käfern* kann man die Heizung nicht ausstellen - und das im Sommer! Lieber nicht.

Es kommen noch mehr Fahrzeuge die in seine Richtung wollen. Ein Lkw! Knut springt vor Freude fast bis zur Straßenmitte und winkt dem Fahrer heftig zu. Der hat nichts Besseres zu tun, als seine Fanfare erschallen zu lassen, um Knut von der Fahrbahn zu scheuchen. Zu Tode erschrocken hüpft der einem Känguru gleich, in den ausgetrockneten Graben und flucht dem Trucker hinterher.

Schluss, aus. Das will er sich nicht länger bieten lassen. Das hat er nicht nötig, glaubt er. Die braucht er nicht. Er ist kein Bettler. Dann geht er eben die paar Kilometer zu Fuß. Weit konnte es nicht mehr sein. Das Hinweisschild zeigt ihm, dass er 5 Kilometer gelaufen ist. 5 von 70, oh je. Das kann ja noch heiter werden. Nicht nur die Sonne brennt erbarmungslos; auch sein rechter Fuß. An einer grünen Wiese am Rande der Landstraße beschließt er zu rasten. Zehn Minuten sollen genügen, und er wird wieder fit sein. Nach wenigen Sekunden ist Knut fest eingeschlafen und wachte erst eine Stunde später wieder auf.

Noch halb benommen rappelt er sich hoch und setzt seine Füße automatisch einen vor den anderen. Nach weiteren qualvollen Stunden ist Knut total erschöpft und will wieder umkehren. Da lässt ihn in der Ferne ein Richtungsschild frohlocken. Dort angekommen liest er, *25 km* bis zu seinem verlassenen Ort und *25 km* bis zu seinem Ziel. Er hat also erst die Hälfte des Weges hinter sich gebracht. Es ist bereits halb vier Uhr nachmittags und er muss noch mindestens sieben Stunden laufen. Zum Trampen ist er zu stolz, das will er sich nicht mehr antun. Außerdem -- was bringt es, jetzt wieder umzukehren? Es sind genau 25 Kilometer. Egal, in welche Richtung. Also muss er weitergehen.

Frühjahr 2020. Ich drücke den Klingelknopf kurz und schaue erwartungsvoll auf die Tür, die mir Wilma öffnen wird. Nichts geschieht. Ich klingele nochmals, diesmal anhaltender. Eine mir unbekannte Frau öffnet. *„Ja bitte, was wünschen Sie?"*, fragt sie mich höflich.

„Ich kenne Sie nicht, ich möchte zu Wilma Ludwigs; ist sie nicht da?", frage ich irritiert zurück.

„Frau Ludwigs lebt nicht mehr hier. Wir haben das Haus vor einiger Zeit von Ihr gekauft. Wer sind Sie denn?"

„Entschuldigung, Foerster. Ich bin ein langjähriger Freund der Familie. Ist Wilma ...? Ist sie ...?", frage ich und mein Gesicht zeigt meine Befürchtung.

„Nein nein. Vor 2 Tagen habe ich zuletzt mit ihr telefoniert. Sie wohnt jetzt in dem Altenheim, hier im Stadtviertel. Soll ich ihnen die Adresse aufschreiben?", schaut sie mich an.

„Vielen Dank, die Adresse ist mir bekannt. Na dann werde ich sie mal dort besuchen. Auf Wiedersehen und tut mir leid, dass ich sie gestört habe."

Mit dem geliehenen Auto fahre ich die wenigen Kilometer zum „Siechenhaus". Ein bisschen graut mir davor, den Wartesaal des Todes zu betreten. Was anderes ist es nicht, so sehe ich es nun mal. Das mehrstöckige graue Gebäude wirkt durch den Sonnenschein auch nicht einladender. Auf der Auffahrt, wahrscheinlich extra für die Leichenwagen angelegt, kommen mir die ersten Anwärter mit ihren Rollis entgegen. Ich blicke schnell zur Seite, damit ich sie nicht grüßen muss.

Im Empfangsflur steht stickige abgestandene Luft. An der Rezeption nennt man mir endlich die Zimmernummer. Der gesamte Flur riecht muffig, nach alten Männern. Mit schnellen Schritten gehe ich den Gang entlang und erfasse die Raumnummer 36. Hier muss es sein. Ich klingel und höre Wilmas vertraute feste Stimme: *„Ich lasse niemanden herein!"*

„Wilma, ich bin´s!"

„Oh Knut, du bist es. Wie schön, komm herein", klingt die Stimme hinter der Tür, die sich augenblicklich öffnet. Wilma erscheint im Türrahmen und umarmt mich. Beide setzen wir uns an den Tisch und ich frage sie,

neugierig taxierend, wie sie sich in Ihrem neuen Zuhause fühlt.

„Gut. Wirklich gut. Mein Haus und Garten sind mir zu viel Arbeit geworden, verstehst du?", erklärt mir Wilma ihren Umzug ins Altenheim.

„Na und ob ich dich verstehe. Wichtig ist nur, dass du hier zurechtkommst. Schick eingerichtet hast du es dir ja schon", blicke ich anerkennend in die Runde.

„Und groß genug ist das Appartement für mich auch. Ich habe hier etwas mehr Platz als in meinem Wohnzimmer im alten Haus. Ich mach uns einen Tee und dann erzählst du, wie es dir in der letzten Zeit ergangen ist. Du hast mir bei dem letzten Besuch in der Klinik deine Lebensgeschichte erzählt; weißt du das noch?", schaut Wilma mich an.

„Und ob ich das weiß. Da ging es dir sehr schlecht und ich bin vorzeitig gegangen, erinnere ich mich."

„Hier bitte -- Tee und Gebäck. Nun kannst du loslegen und den Rest der Geschichte auch noch erzählen. Ich bin schon gespannt, wie es ausgegangen ist."

„Na gut. Wie du möchtest."

Ich hatte damals einen weiten Weg von meiner Heimatstadt vor mir, über 70 km. Morgens um 9:30 Uhr bin ich los. Ohne mit einem Auto per Anhalter mitzufahren; nur gelaufen. Weit nach Mitternacht stand ich dann völlig erschöpft vor dem Seemannsheim. Nachdem ich vom Ortseingangsschild weitere 20 km bis in die Innenstadt laufen musste. Der Nachtpförtner öffnete die Eingangstür und sah mich mitleidig an.

„Moin, ich heiße Foerster. Ich mustere die nächsten Tage bei der Schüsselreederei an und möchte bitte hier übernachten", log ich und schob mein Seefahrtsbuch über den Tresen.

Der Nachtpförtner schrieb meinen Namen in eine Liste und reichte mir einen Schlüssel: *„Zimmer 13 im Erdgeschoss. Alles Weitere kannst du morgen mit dem Tagesdienst besprechen."*

Ich bedankte mich und war froh, fürs Erste eine Übernachtungsmöglichkeit gefunden zu haben. Morgen früh würde ich weitersehen.

Bis mittags schlief ich durch, trotz mehrmaligen Klopfens der Reinemachefrau. Die Küche hatte bereits geschlossen, als ich Pastor *Berlemann* am Empfangstresen kennenlernte.

„Na, Herr Foerster. Wie geht's den Ihrer Oma", fragte mich der Pastor.

Ich war verblüfft. Woher kannte der meine Oma? Pastor B. war mehrere Jahre, bevor er Seemannpastor wurde, in einer Gemeinde in meiner Heimatstadt stationiert, klärte er mich auf. Aha, daher also. Er war mir von Anfang an sympathisch und wir plauderten jedes Mal ein wenig, wenn wir uns sahen.

Eines Tages war der Pastor sehr ernst, als er mir andeutete, dass ich ausziehen muss. Zehn Wochen auf Anschreiben und Übernachten mit Vollverpflegung seien genug. Ich solle mich mehr um ein Schiff bemühen. Außerdem kamen immer neue Seeleute aus dem Ausland und wollten auch im Seemannsheim übernachten.

„Gegen Barzahlung, lieber Herr Foerster, nicht auf Anschreiben!"

PENG, das saß. Der Heimleiter *Revanski* steckte sicherlich dahinter. Der brauchte das Bett, welches von mir ohne Bezahlung belegt war;. Nun war Schluss mit lustig. Am nächsten Tag musste ich schon raus, aber wohin?

Auf die Straße? Das wollte ich verhindern. Ich war doch kein Obdachloser! Das fehlte mir noch, dass mein Exlehrer recht behielt, was meine Zukunft betraf. Wenn ich nur an den denken musste, bekam ich Sodbrennen. Aber des Lehrers Orakel war mir auch immer eine starke Motivation, die Kriminalität oder Obdachlosigkeit zu vermeiden. Obwohl - im Moment stand ich wieder mal auf der Straße.

Was würde mir die Zukunft in meinem weiteren Leben bringen? Ohne Unterkunft und gesichertes Essen. Ohne Geld, ohne Beruf, ohne Arbeit und ohne meine Familie. In einer fremden Stadt? Werde ich als mittelloser Penner enden? Multimillionär würde mir da schon besser gefallen.

Man wird doch wohl mal träumen dürfen -- oder? Obwohl -- manchmal werden Träume wahr ...